SEVERINS GANG IN DIE FINSTERNIS

EIN PRAGER GESPENSTERROMAN

PAUL LEPPIN

Herausgeber: Culturea (34, Hérault)
Druck: BOD - In de Tarpen 42, Norderstedt (Deutschland)
Website: http://culturea.fr
Kontakt: infos@culturea.fr
ISBN:9791041949526
Veröffentlichungsdatum: FEBRUAR 2023
Layout und Design: https://reedsy.com/
Dieses Buch wurde mit der Schriftart Bauer Bodoni gesetzt.

ER WIRT MIR GEBEN

ERSTES BUCH

EIN JAHR AUS DEM LEBEN SEVERINS

KAPITEL I

In diesem Herbste war Severin dreiundzwanzig Jahre alt geworden. Wenn er des Nachmittags, von quälender Bureauarbeit zerrüttet, nach Hause kam, warf er sich auf das schwarzlederne Sofa in seiner Kammer und schlief bis zum Abend. Erst wenn draußen die Laternen angezündet wurden, ging er auf die Gasse. Nur im Sommer, wenn die Tage lang und glühend waren, fand er noch die Sonne auf seinen Wegen durch die Stadt. Oder auch an den Sonntagen, wo der ganze Tag ihm gehörte und er auf seinen Wanderungen seiner kurzen Studentenzeit gedachte.

Severin hatte nach zwei oder drei Semestern seine Studien aufgegeben und eine Stellung angenommen. Nun saß er während der Vormittage in dem häßlichen Bureau und hielt sein kränkliches und bartloses Bubengesicht über die Zahlenreihen gebeugt. Ein ungesunder und nervöser Mißmut kroch mit der Zimmerkälte durch seinen Körper und dann wurde auch die Unruhe in ihm wach. Das einförmige Gleichmaß machte seine Hände zittern. Eine lästige Müdigkeit bohrte in seinen Schläfen und er drückte mit den Fingern die Augäpfel in den Kopf bis sie schmerzten.

Eine verregnete Oktoberwoche lang hatte er Zdenka nicht mehr gesehn. Ihre Briefe, die ihn täglich zu kommen baten, schob er verärgert beiseite und beantwortete sie nicht. In dem halblauten Takt seines Blutes begannen sich Wünsche zu regen, die Zdenka ihm nicht erfüllen konnte. Und es war immer eine gespannte Erwartung, eine krause und absonderliche Neugier, die ihn befiel, wenn er am Abend, vom Schlafe betäubt, auf die Straße trat. Mit weit geöffneten Augen sah er in die Stadt hinein, in der die Menschen sich wie Schattenbilder bewegten. Der Lärm der Wagen, das Gerassel der Straßenbahn mischte sich mit den Stimmen der Leute zu einem harmonischen Brausen, in dem ab und zu ein vereinzelter Ruf oder ein Schrei aufklang, dem er mit einem aufmerksamen Empfinden nachlauschte, als ob ihm eben etwas Besonderes entgangen sei. Am liebsten waren ihm die Straßen, die abseits von dem großen Getriebe lagen. Wenn er die Augen zusammenkniff und durch die halbgeschlossenen Lider schaute, bekamen die Häuser ein phantastisches Aussehn. Dann ging er an den Mauern der großen Gärten vorbei, die sich an die Krankenhäuser und Institute schlossen. Der Geruch des faulenden Laubs und der feuchten Erde schlug ihm entgegen. Irgendwo in der Nähe wußte er eine Kirche. Hier war es schon am frühen Abend leer und nur einige Fußgänger kamen. Severin stand im Schatten der Häuservorsprünge und dachte darüber nach, warum sein Herz klopfe.

Lag es an dieser Stadt mit ihren dunklen Fassaden, ihrem Schweigen über großen Plätzen, ihrer abgestorbenen Leidenschaftlichkeit? Es war ihm immer, als ob ihn unsichtbare Hände streiften. Er erinnerte sich, daß er auch oft bei Tage in längst bekannten und vertrauten Teilen wie in einer neuen Umgebung gegangen war. Am Sonntagmorgen war er manchmal am Siechenhaus und der Karlshofer Kirche vorbei in die Sluper Gründe hinuntergestiegen. In ihm war ein Staunen, daß er hier schon seit seiner Kindheit wohnte. Wenn die Sonne schien und auf den abgebröckelten Stufen schimmerte, mußte er an die Winterabende denken, wenn hier der Schnee in den Gassen trieb und die Lampen in den Kotpfützen funkelten. Es kam ihm vor, daß ein Bann ihn drückte. Ein böses Verlangen wuchs in ihm auf, den Bann zu lösen und ihn zu wandeln.

Oft glaubte er, an der eigenen Kargheit verzweifeln zu müssen. Es war eine Bitterkeit in ihm, die sich in ohnmächtige Flüche verrannte; und eine Mattigkeit, die nach unseligen Stunden verlangte. Zdenka wußte nichts von dem allen. Unmutig, mit zusammengepreßten Lippen und aufgeschlagenem Rockkragen ging er heute durch die Stadt, auf Umwegen der Moldau zu, wo sie ihn erwartete.

Die lange, geschäftige Straße, durch die er schritt, war er jahrelang zur Schule gegangen. Hier hatte er auf dem Heimwege die ersten Zigaretten geraucht und hier wurden auch die großen Schlachten beraten, die auf den Weinberger Schanzen mit den tschechischen Jungen geschlagen wurden. Als Führer und Held hatte er sich niemals dabei hervorgetan, aber er hatte auch seine Feigheit niemals verraten. Es war für ihn ein wollüstiger und geheimnisreicher Reiz, den Steinwürfen der Feinde die Stirne zu bieten. Die Rittergeschichten und Matrosenstreiche, die er zu Hause las, wurden ihm hier zu einer kleinen aber wahrhaftigen Wirklichkeit, die ihm Wangen und Hände heiß machte und in stummer Erregung den Atem beklemmte. Seit jener Zeit hatte es eigentlich kein gleichwertiges Erlebnis mehr in seiner Jugend gegeben. Aber der blinde Drang, der ihn damals nach der Schule auf die verlassenen Schanzen zu den Schlägereien trieb, war mit den Jahren ins

Ungemessene gewachsen und preßte ihm die Kehle. Manchmal befiel ihn eine unsinnige Furcht und ein Entsetzen, daß sein Leben so im Sande verlaufen würde. Seit er erwachsen war und sein Brot verdiente, wuchsen nüchterne und kahle Mauern rings um ihn auf, die ihm die Aussicht versperrten. Wohin er auch blickte, überall war die alltägliche und stumpfe Gewohnheit um ihn. Früh ging er zur Kanzlei und ging am Mittag nach Hause; den übrigen Tag verschlief er. Er kam sich vor wie einer, der mit der Schaufel in einer Grube steht. Er gräbt und schaufelt, aber der feine, bewegliche Sand rinnt immer wieder nach und verschüttet die Grube.

Als Kind hatte er einmal ein Buch besessen, das sich niemals ganz aus seinen Gedanken verlor. Es war der erste Band eines Romanes aus den Hussitenkriegen. Der zweite Band fehlte und Severin suchte auch nicht danach. So wie das Buch schloß, mitten im Gange großer Ereignisse, schien es ihm am schönsten. Da waren Zigeuner darin, die in den Klüften der Teufelsmauer bei Hohenfurt ein Räuberversteck besaßen, wilde Krieger, die in den Schänken um ihre Mädchen würfelten, Nächte, in denen man im Walde beim Mondschein nach der Alraunwurzel grub. Ein Zaubergarten kam darin vor, wo verwachsene Zwerge den Verirrten äfften, Wundergrotten sich auftaten und wo eiserne Löwen rasselnd in der Tiefe versanken, wenn man in ihre Nähe kam. Und der Komet strahlte blutrot am Himmel und in Böhmen war Krieg. An dieses Buch dachte Severin, während er zu Zdenka ging.

Auf dem Karlsplatze war es still. Nur einige Liebespaare flüsterten hinter dem Gesträuch. Severin stieß mit dem Fuße in die welken Blätter auf den Wegen. Die elektrischen Lampen brannten schon und hingen wie Monde über den Bäumen. Zwischen ihrem Lichte hindurch spähte Severin nach den ersten Sternen. Eine verdrießliche Unrast hielt ihn gefangen, die ihn immer wieder in den Park zurücktrieb, während Zdenka ihn schon erwartete. Er nahm den Hut in die Hand und die Luft feuchtete seine Haare. Vom Turme des Strafgerichtsgebäudes schlug die Uhr und ihre Schläge hallten langsam durch die Zweige. Severin lauschte ihnen mit einem bitteren Herzen. Eine weiche und schwächliche Lüsternheit zuckte in seiner Seele nach einem bunten und heftigen Dasein, wie es in den Kapiteln des Buches zu lesen stand. In einem verzehrenden Lichte stieg ein ungeheueres und gewaltsames Leben vor ihm auf. Hinter dem Rande des Karlsplatzes fühlte er die Stadt.

Aus dem Dämmerlichte des Parks trat Severin in die nächste Gasse. Wieder horchte er in die Geräusche hinein und hörte die Stimmen der Leute. Ein wenig von der Erkenntnis dämmerte in ihm auf, daß die Menschen es sind, die das Leben bedeuten. Daß im Spiel mit ihnen das alles war, was ihm Schmuck und Inhalt und Schauer däuchte. Kometennächte und Erschütterungen und die Rätsel des Herzens. Mit einem köstlichen Erschrecken gedachte er jenes Abends, an dem er mit einem Freunde die Vorstellung eines tschechischen Vorstadttheaters besucht hatte. Er war nie besonders wählerisch in solchen Genüssen gewesen. Die heischende Sentimentalität, die dort einem Publikum von Kleinbürgern und Banausen schmeichelte, war auch der richtige Stachel für seine Sinne. In dem Gehaben pathetischer Komödianten, den Tränen und dem Gelächter grobgeschminkter Weiber spürte er mehr wie wo anders die heißen und ungepflegten Begehrlichkeiten seiner Seele. Ein Mädchen hatte damals seine Aufmerksamkeit erregt, die das Volk mit ihrer getäuschten Liebe rührte. In der Art ihren dünnen Körper zu biegen, in den Linien ihres Halses und ihrer Schultern war manches, was ihn an Zdenka gemahnte. In einer merkwürdigen und uneingestandenen Zerwühltheit war er damals nach Hause gegangen. Es war das Gefühl, das ihn auch sonst immer heimsuchte, wenn er in den Nachtkaffeehäusern während der Pausen der Musik in die verlegene Stille horchte oder am Abende zögernd und gespannt an den Straßenecken lungerte. Das Gefühl, daß etwas in seiner Nähe war, so stark und so körperlich, daß die Luft davon leise zu zittern begann und das er vergebens mit den Händen suchte.

Die Ferdinandsstraße glänzte vor ihm auf und der Schein der Auslagenfenster blendete ihn. Es war schon spät geworden und er eilte. Beim Nationaltheater sah er Zdenka stehn und ihr süßes Gesicht grüßte ihn lächelnd aus der Menge.

KAPITEL II

Das war auch der Herbst, in dem Severin mit Lazarus Kain bekannt wurde. In der oberen Stephansgasse, unfern von dem großen botanischen Garten, hatte er seinen Laden. Ein paar abgegriffene Leinenbände und der rostfleckige Umschlag vergilbter Broschüren hinter der Glasscheibe des Schaukastens machten die Vorübergehenden darauf aufmerksam, daß hier eine Buchhandlung sei. Über der Türe, auf einem vom Schnee und vom Regen getauften Schilde stand unter dem Namen des Eigentümers in verwaschenen Buchstaben das Wort „Antiquariat".

Der Laden war niedrig und schmal und eine Gasflamme erhellte ihn auch tagsüber. Aber im Winter konnte es hier sehr gemütlich sein, wenn der eiserne Ofen in der Ecke beinahe rotglühend vor Eifer wurde und Lazarus hinter dem Pulte in dickbäuchigen Katalogen blätterte oder dem Raben Anton Kunststücke lehrte. In den Ferienmonaten und im Frühherbst war ja ohnehin nichts mit dem Geschäfte. Da ließ der alte Lazar für gewöhnlich seine Tochter im Laden zurück und machte Streifgänge in der Umgebung. Mit kleinen Schritten ging er die Gasse auf und nieder und sah nach den Stockwerken der Häuser hinauf. Er war etwas kurzsichtig und das Gaslicht in dem finstern Laden hatte seine Augen geschwächt. Er sah den Dienstmädchen zu, wie sie die festen Brüste an den Fensterrand lehnten und den Staub aus den Tüchern in die Gasse hinunterschwenkten. Das Blut stieg in sein gelbes Gesicht und er blinzelte. Oder er blieb bei der Säule des heiligen Adalbert stehn und verfolgte die Wärterinnen der nahen Gebäranstalt mit den Blicken. Dicht daneben stand die schäbige Bude der „Gifthütte". Lazarus Kain erinnerte sich der Zeiten, wo hier die Mediziner zusammenkamen und am Abende mit den Hebammen tanzten. Da war er auch mitunter zu Besuch gewesen und hatte sich aus einem Winkel das Treiben angesehn. Jetzt hatte das Wirtshaus den Besitzer gewechselt und am Tage war die Gastwirtschaft vollständig einsam. Nur ein paar tschechische Jünglinge schoben in dem verwahrlosten Garten Kegel und eine mürrische Kellnerin brachte das trübe Bier in zersprungenen Gläsern.

Oft saß er auch in der kleinen Pilsner Stube gegenüber der Stephanskirche. Auch hier war es nicht sehr lebhaft an den Sommervormittagen, wenn er zu Gaste war. Erst später kamen dann die Priester aus der nahen Dechantei zum Mittagessen. Lazar saß beim Fensterplatz, hinter der grünen Gardine und bewunderte die feinen Knöchel der vorbeieilenden Mädchen. Er hatte schon bald ein halbes Jahrhundert auf dem Rücken, aber trotzdem waren die Weiber noch immer seine liebste Passion. Zu Hause, auf den hohen Regalen in seinem Buchladen, bewahrte er manchen kostbaren Band für die Kenner und seine besten Kunden. Gefährliche und unverschämte Romane, französische und deutsche Privatdrucke, Kupferstiche, seltene Übersetzungen aus der Zeit des Rétif de la Bretonne. Er hing mit einer verliebten Zärtlichkeit an diesen Schätzen, die er oft und wieder hernahm und sich an ihnen ergötzte, die er mit seinen dürren Fingern streichelte und nur ungern und zu hohen Preisen verschacherte. Mit ehrlichem Bedauern sah er sie in den Händen der Käufer und ihm war, als ob sie mit ihnen ein Stück eines liebgewordenen Inventars aus seinem Hause trügen. Nur zwei Wesen liebte er mehr wie diese Bücher: den Raben Anton, ein altes und zerzaustes Tier, das ihm seit Jahren in seinem Buchladen Gesellschaft leistete und seine Tochter Susanna.

In dem kleinen Wirtshause gegenüber der Kirche war es, wo Severin Lazarus Kains Bekanntschaft machte. Draußen läuteten die Turmglocken gerade zur Sonntagsmesse und beide blickten den jungen Frauen nach, die nachdenklich, mit dem Gebetbuche in der Hand, an dem Gasthausfenster vorüberkamen. Da rückte Lazarus sein Glas näher zu Severin und begann zu erzählen. Sein vertrocknetes Gesicht erregte sich beim Sprechen und unter dem kurzen Backenbarte brannten die Wangen. Er sprach von dem kalten und phantasielosen Temperamente der neuen Zeit, in der die Sucht nach dem Gelde die Freude an der Lust getötet habe. Und mit zwinkernden Augen, in denen das Fieber eines geheimen Vergnügens glänzte, geriet er in die Schilderung der Lieblingswelt, an die er sein alterndes Herz gehängt hatte, das Frankreich des achtzehnten Jahrhunderts. Seine Geschichten aus der Hirschparkperiode Ludwig XV. hatten Farbe und Elan und eine neidische Sehnsucht bebte in seiner Stimme, als er dem aufhorchenden Severin von Madame Janus berichtete, der genialen Kupplerin, die selbst das damalige Paris noch mit neuen und erfinderischen Sensationen verblüffte.

Das kommt nicht mehr wieder — sagte er und eine aufrichtige Trauer klang in dem Tone der Worte. Eine Weile saßen dann die beiden schweigend beisammen und sannen in dem Halbdunkel der Wirtsstube den galanten Wundern vergangener Zeiten nach, während drüben die Kirchenglocken verstummten und nur ein goldenes Summen, immer feiner und leiser, unmerklich zum Schlusse in der Luft zurückblieb. Severin sah verstohlen nach dem kahlen Schädel des alten Lazarus, der sein Gesicht wieder dem Fenster zuwandte und betrachtete sein jüdisches, von unzähligen Fältchen zerrissenes Profil. Eine Ahnung überkam ihn, daß dieser Mann ein ähnliches

Leiden litt wie er, daß er an einer ungestillten Inbrunst krankte, die sich aus einem engen und törichten Leben in alte Bücher geflüchtet hatte. Ein Mitleid faßte ihn mit dem Alten, der seit Jahren seine Seele an tote Bilder vergeudete. Sie sprachen dann noch einiges miteinander und Lazarus erzählte von seiner Tochter und dem Raben. Als er fortging, lud er Severin ein, ihn in seinem Laden zu besuchen.

Severin kam der Einladung in den nächsten Tagen nach. Auf einem niedrigen, gepolsterten Stuhle neben dem Ofen saß Susanna. Die Tage waren noch schön und der Buchhändler brannte noch kein Feuer. Trotzdem kam nach Sonnenuntergang eine feuchtrieselnde Kälte in die Häuser der Gasse. Susanna hatte ein schwarzes Tuch um ihre Schultern geschlagen und über die Seiten des geöffneten Buches auf ihrem Schoße tanzte das Gaslicht. Lazarus stand hinter dem Ladentische und begrüßte Severin ohne Überraschung. Sein nackter Kopf glänzte in dem Lichtschein, als er sich über ein paar wertvolle Kuriosa beugte und durch die Lupe untersuchte. Severin hörte geduldig seine Erklärungen an und sah zerstreut nach Susanna hinüber, die schweigend in ihrem Buche las. Ihr braunes Haar war glatt gescheitelt und auf den Wangen spielten die Schatten ihrer langen Wimpern. Als sie einmal das Gesicht erhob, begegneten einander ihre Blicke.

Von nun an kam Severin oftmals zu Lazarus Kain. Der Gedanke an die junge Jüdin ließ ihn nicht schlafen. Susanna war eigentlich nicht schön. Aber in ihren Augen züngelte eine verdächtige Flamme, die in einem jähen Gegensätze zu ihrem ruhigen Munde stand. In der samtenen Tiefe glomm eine verräterische Andacht, die Severin befangen machte und ihn reizte. So hatte er manchmal die Sterne flackern gesehn, wenn er ausgeschöpft von einem unbegreiflichen Drange bei späten Heimgängen nach dem Nachthimmel schaute. Severin suchte diese Augen hinter dem Rauche seiner Zigarette, hinter dem kahlen Vogelkopfe des Vaters und dem kurzen Geflatter des Raben, der in dem engen Raume wie in einem Käfige aus einem Winkel in den andern sprang. Susanna bot sie ihm mit einem unergründlichen Ernste, ohne sich an dem Gespräche zu beteiligen und ohne jemals das Wort an ihn zu richten. Wenn er sie ansprach, stand sie knapp und teilnahmslos Rede, daß er sich ärgerte und es aufgab. Dann schwätzte er mit dem Buchhändler und ließ sich von ihm alte Steindrucke und Heliogravüren zeigen.

Eines Tages, als Susanna gerade nicht anwesend war, versprach ihm Lazarus, ihn bei Doktor Konrad einzuführen. Zögernd brachte er seinen Antrag vor wie das letzte Stück eines vorsichtigen Vertrauens. Und er erzählte Severin auf dessen verwunderte Frage von dem großen Atelier in einem der neuen Häuser, die man im Assanationsgebiete an Stelle der Hütten des Judenviertels baute. Hier hatte Doktor Konrad mit den letzten Resten seines vor Jahren einmal bedeutenden Vermögens eine Malerwerkstatt gemietet, die in Wirklichkeit ganz andern Zwecken galt. Palmenkübel und Teppiche gaben den Räumen ein exotisches Aussehn und ein paar Bilderrahmen in der Ecke, eine Staffelei und einige zur Wand gekehrte Studienköpfe markierten das Metier des Bewohners. In Wahrheit hatte Doktor Konrad schon seit langem keine Palette mehr angerührt. Er lag stundenlang auf dem bequemen, türkischen Sofa, rollte parfümierte Zigaretten in der Hand und ließ sich von seinem Diener französischen Kognak mit Selters bringen. Oder er hörte seiner Geliebten zu, wenn sie gelangweilt auf der Mandoline klimperte. Sie war ein blondes und verwöhntes Geschöpf und hieß Ruschena. In den Nachmittagsstunden kam ein Schwarm von Gästen: Junge Herren im Smoking, mit mausgrauen Gamaschen über den Lackschuhn; alte und erfahrene Lebemänner im eleganten Straßenkleide, den Elfenbeinknopf ihrer Reitstöcke am Munde; Künstler mit Schlapphüten und unsauberer Wäsche; Modelle in Seidenblusen und engen Röcken, die hier ihre freie Zeit bei den süßen Likören des Doktors verbrachten; und hie und da auch ein Mädchen oder eine Frau aus der besseren Gesellschaft, unsicher und scheu die einen, mit mehr Frechheit als gerade nötig war die andern, von jener vielgestaltigen Anziehungskraft hergetrieben, die ein ungebundenes Leben für den Außenstehenden hat. Davon berichtete Lazarus, und Severin erriet an der verkniffenen Aufregung, den fahrigen Händen des Alten das übrige.

Als er wieder ins Freie trat, kam ihm im Nebel der abendlichen Straße Susanna entgegen. Sie sah ihm mit einem Lächeln ins Gesicht, daß sein Körper plötzlich wie im Schreck zu zittern anfing. Mechanisch nahm er ihre Hand, die sich warm anfühlte, ohne zu zucken.

Kommen Sie — sagte Susanna zu ihm und hatte noch immer das Lächeln auf den Lippen. Er ging mit ihr in das Haus, wo die Treppen noch im Finstern lagen. Hier küßte er sie auf den Hals, den ihr Kleid im Nacken frei ließ.

Der Vater ist unten im Laden — sagte er.

Susanna nickte nur und führte ihn über schmale Stiegen und durch Flurgänge in ihr Zimmer.

KAPITEL III

An einem frostklaren Abende im vorigen Winter hatte sich Zdenka in Severin verliebt. Die Straße führte sie zusammen, in der sie beide planlos zwischen den hastenden Leuten gingen. Die kleinen Lokomotiven der Kastanienverkäufer standen mit roten Augen am Rande der Fahrbahn. Langsam und ganz vereinzelt fielen ein paar taumelnde Flocken in das Licht der Lampen. Zdenka sah ihnen zu und dachte an die hellen Flügel der Mücken, die im Sommer um die leuchtenden Kugeln gaukeln. Sie war noch ganz versunken, als Severin sie ansprach. Dann aber lachte sie heiter und als sie in sein hübsches, von der Kälte verschöntes Knabengesicht schaute, wurde ihr leicht und fröhlich zumute. So gingen sie miteinander durch die Stadt. Sie betrachteten zusammen den lustigen Kram in den Auslagen der Spielwarengeschäfte, wo eine kleine Eisenbahn auf wirklichen Schienen lief und bewunderten den ausgestopften Tiger, den ein Teppichhändler zur Reklame ins Fenster gestellt hatte. Sie blieben vor den vereisten Scheiben der Delikatessenhandlungen stehn, hinter denen die goldenen Sprotten in den weißen Holzkistchen glänzten. Dann kaufte Severin ein Abendessen für beide und sie ging mit ihm in seine Junggesellenstube.

Zdenka arbeitete bis sechs Uhr abends in einem Kontor. Ihre Eltern waren beide gestorben und sie wohnte allein in einem Zimmer auf dem Altstädter Ring. In der Zeit, in der sie ihre unfrohe Jugend selbst betreuen mußte, hatte sie sich schon einige Male an fremde Männer fortgegeben und sie bat es Severin unter Küssen weinend ab, daß er nicht der erste war, dem sie ihre Liebe schenkte. Er nahm ihre zitternde Zärtlichkeit großmütig entgegen und auch später, als er sah, wie aus der spielerischen Laune jenes Abends eine Leidenschaft in ihr emporwuchs, gab er sich keine Mühe. Sie war ihm ein Trost in der Leere seines gelangweilten Herzens, das durch die Gläubigkeit und den Glanz ihrer Liebe nicht verwirrt wurde. Er hörte ihr zu, wenn sie mit einer singenden Altstimme von ihrem Glücke sprach und freute sich über die ungeübten Worte, die sie wählte. Im Grunde aber ließ sie ihn kalt. Sie hatte nichts von der verzehrenden Flamme, von dem Blitzlichte an sich, das seine Seele brauchte. Sie war eine niedliche und schwärmerische Begebenheit, die ohne Wucht und ohne Fatum geschah und die ihn nicht interessierte.

Für Zdenka aber war Severin ein wundervolles Erlebnis geworden. Mit einer unabwendbaren Kraft hatte es sie ergriffen, als er sie damals von der Straße nach einer kurzen Stunde mit in seine Wohnung nahm. Und einmal sein eigen, liebte sie ihn mit einer scheuen und grenzenlosen Verzücktheit. Das slawische Blut, das bei den Männern ihres Volkes in Haß und Revolten losbrach, hatte in ihr einen Überschwang geboren, dem sich nun alle Schleusen öffneten. Sie fühlte erschreckt, daß sie dagegen nichts vermochte und spürte es zuinnerst mit Seligkeit und Grauen.

Es kamen schöne Tage für sie. Sie ging mit Severin in der Stadt umher, wie er es seit Jahren gewohnt war. Sie bekam jene Feinhörigkeit für die Geräusche und fernen Rufe in ihr, die ihm innewohnte und die er sie lehrte. An dem Geruche der Steine und des Pflasters erkannte sie die Straße, in der sie schritt, wenn sie die Augen schloß und sich von ihm führen ließ. Er erschloß ihr die monotone Schönheit in der Landschaft der Vorstädte, die Schauer des Wyschehrad mit den großen Steintoren, wo das Denkmal des heiligen Wenzeslaus stand. Sie lernte die Moldau lieben, wenn in der Dunkelheit die Lichter des Ufers auf dem Wasser schwankten, und den Duft des Teers auf den Kettenbrücken. Sie saß mit ihm in den Wirtshäusern der Kleinseite und war bezaubert von der breitspurigen Gemächlichkeit der alten Herren, die hier ihren Schoppen tranken. In dem dicken Zigarrenrauche verschwammen die Bogenwölbungen der niedrigen Decke, die Napoleonbilder an den Wänden in einem farblosen Grau. Sie besuchte mit ihm die Vikarka auf dem Hradschin, wo ein paar Armlängen von der Türe entfernt der Dom in die Höhe ragte, wunderliches Mauerzierat und Steinfiguren in den Nischen. Sie verstand allmählich die stille Sprache der Stadt, die Severin geläufiger war als dem Tschechenmädchen. Sie begriff es, daß zwischen ihren gedunkelten Mauern, ihren Türmen und Adelshäusern, ihrer fremdartigen Abgestorbenheit eine verhaltene Phantastik mit ihm groß geworden war, daß er immer mit dem Gefühle die Straße betrat, daß ihn heute ein Schicksal erwarte.

Als das Frühjahr und der Sommer sich meldeten, stand sie mit ihm vor den Weihern des Baumgartens und fütterte die Schwäne. Oder sie fuhr mit ihm auf der Fähre nach Troja. Durch die Tore der Schanzwälle und der Festungswerke gingen sie nach Pankraz hinaus und saßen mitsammen bei dem steinernen Gasthaustische im Garten, wo schon der einäugige Žižka in den böhmischen Kriegen gerastet hatte. Unweit erhob sich die Strafanstalt wie eine kleine Stadt im Felde und auf den Rasenplätzen arbeiteten die Gefangenen mit dem Spaten. Hinter den einstöckigen Häusern führte die Straße in das nahe Dorf und in den Wald. Die Melodie der Leierkasten mischte sich mit dem Getöne der Pappeln und der Telegraphenstangen.

Ausflügler kamen und die Fiaker warfen den handhohen Staub nach der Windseite. Manchmal kehrten sie auch in der Straßenschänke „Zum grünen Fuchsen" ein. Vor Jahren, als Severin noch ein Kind war, gab es hier ein vorzügliches Bier und eine gute Küche; auch viele Deutsche machten damals einen Spaziergang zu der Fuhrmannskneipe. Jetzt wurde hier Sonntag für Sonntag getanzt und die rotweißen Fahnen flatterten über dem Haustore. Aber ein paar Schritte weiter lärmte ein Ringelspiel. Da setzte sich Zdenka zuweilen mit Severin in eine der goldenen Schaukeln und machte eine Reise. Ein Mann mit hohen Stiefeln schlug die Trommel und die Kinder jauchzten. Die Musik spielte die Barkarole aus „Hoffmanns Erzählungen".

Das waren köstliche Stunden für Zdenka. Sie bemerkte es kaum, wenn Severin unwirsch und einsilbig wurde und tröstete sich mit dem nächsten Lächeln, das er ihr gab. Aber als dann der Herbst hereinbrach und ihr Severin immer mehr entfremdete, war sie zaghaft wie nie. Es kam vor, daß sie ihn tagelang nicht zu Gesichte bekam. Still und mit traurigen Schritten ging sie nach Hause und setzte sich in ihr Stübchen. Auf dem großen Platze unter ihrem Fenster war es lebendig, nur die Dienstmänner faulenzten an den Ecken. Zdenka wartete, bis es ganz finster wurde. Erst spät am Abende machte sie Licht.

Mit einer unbegreiflichen und zwecklosen Grausamkeit hatte ihr Severin von Susanna erzählt. Mit kalten Augen forschte er in ihren Zügen nach dem Flämmchen der Eifersucht, während er mit breiter Deutlichkeit sein Abenteuer schilderte. Es mißfiel ihm, daß ihre Liebe so standhaft und unverletzt dabei blieb und daß kein Vorwurf ihre Lippen regte. Jenes Mädchen im Theater fiel ihm ein, das die Bewegungen Zdenkas hatte und das Stück, in dem sie spielte. Wie stand sie damals schlank und zerbrechlich auf den Brettern und das Schicksal schüttelte sie! Aber nichts von alledem geschah. Nur ein Schmerz flog wie ein Gleitschatten über Zdenkas Gesicht und er wußte nicht einmal, ob er sich täuschte.

Es kam jetzt immer seltener vor, daß sie einander Sonntags trafen. Dann gingen sie meistens durch die Anlagen der Stadt, wo schon die kalten Herbstblumen brannten. Die eisernen Stühle im Stadtpark standen unbenützt in dem nassen Sande und die Sodawasserbuden waren leer. Hie und da fuhren sie auch mit der Drahtseilbahn auf die Hasenburg hinauf. Zdenka blieb vor den Bildern des Kreuzweges stehn, wo jährlich in der Nacht auf den Karfreitag die Leute beteten. Dort war auch die Kapelle des heiligen Laurenzius. Von oben sah man die Stadt im Spätnachmittagsdunste und ein träger Wind fegte die dürren Blätter langsam in die steinernen Regenrinnen der Wege. Zdenka trat mit dem Fuße auf die weißen Beeren, die von den Sträuchern auf die Erde rollten. Als Kind hatte sie sich immer über den kurzen Knall gefreut, mit dem sie zersprangen. Ein Soldat kam ihnen entgegen, der sich zu seinem Mädchen beugte und sie küßte. Zdenka ging neben Severin mit einer Seele voll Tränen.

KAPITEL IV

Im Atelier des Doktor Konrad waren schon die Gäste versammelt, als Lazarus Kain und Severin eintraten. Ein Gewirr von Stimmen schlug ihnen aus dem Zigarettendampfe entgegen, das ungewohnte Durcheinander deutscher und tschechischer Gespräche und das gezierte Lachen der Frauen. In einer Ecke waren einige auffallend gekleidete Modellmädchen um einen Tisch beschäftigt und unterhielten sich mit einem italienischen Würfelspiele. Nachlässig an den Türpfosten gelehnt stand die wunderbar schlanke Figur einer Dame im schwarzen Samtkleide neben der blonden Ruschena und sah zu. Severin erkannte sie sofort. Scharf und lebendig wie ein eben geschauter Vorgang stieg ihm ein Bild in der Erinnerung auf, an das er nun schon lange nicht mehr gedacht hatte. Als Schulbub in dem Jahre vor der Matura war er in den Ferien einmal vormittags über die Ferdinandsstraße gegangen, während gerade die elegante Welt ihre Promenade machte. Da war sie ihm aufgefallen mit der großen, blutroten Straußfeder auf dem Hute, in ihrer seltenen, kostbaren Schlankheit, mit dem lieblichen und gefährlichen Lächeln, das er nur einmal später auf einem Gemälde der büßenden Magdalena wiedergesehn hatte. Ein schöner junger Mann trat grüßend auf sie zu und küßte ihre behandschuhten Finger. Dieser Augenblick war ihm im Sinne haften geblieben und wurde jetzt wieder deutlich in ihm: die festtägig bewegte Straße, das glatte Geräusch der Gummiräder, mit dem die Kutschen über das Pflaster fuhren und mitten im Gewühle der Menschen und der Toiletten jene Bewegung voll unnennbarer Gnade, mit der die Fremde dem jungen Dandy die Hand zum Kusse reichte. Später war er ihr noch manchmal begegnet, flüchtig und unaufmerksam und dann lange nicht mehr. Sie war eine Sängerin des Nationaltheaters, die damals gerade auf der Höhe der Volksgunst stand. Jetzt erzählte ihm Kain, der seinen unverwandten Blick bemerkte, ihre Geschichte. Durch eine Krankheit, die sie von einem ihrer Liebhaber übernommen, verlor sie die Stimme. Sie versuchte noch ein paarmal ihr Glück bei den Bühnen der Provinz, bis es dann nicht mehr ging. Jetzt war sie wieder in Prag und Kain hatte sie schon verschiedene Male in Doktor Konrads Atelier getroffen.

Es war nicht Sitte in diesem Kreise, daß die Gäste einander vorgestellt wurden. Jeder kam und ging nach Belieben. Als aber dann der Hausherr die Neueingetretenen begrüßte, bat Severin trotzdem, ihn zu der schwarzen Dame zu führen. Er stand vor ihr und verbeugte sich, als Doktor Konrad seinen Namen nannte. Er forschte in ihrem Antlitz nach der Anmut jenes Moments. Dann nahm er die Hand, die sie ihm reichte, in die seine und küßte sie. Sie sah ihm erstaunt in die Augen und lächelte. Aber es war nicht mehr das Lächeln, das er an ihr kannte. Ihr Mund war weiß und ohne Schminke und verzog sich ein wenig in einer gezwungenen Gleichgültigkeit.

Wo ist denn Ihr Hut mit der roten Straußenfeder? — fragte Severin.

O — meinte sie verwundert. Sie hob den Kopf und drehte ihn in der Runde, als ob sie sich auf einen Traum besänne. Dann sagte sie langsam und ihre Worte hatten einen spröden, von einer leisen Heiserkeit verschleierten Klang:

Der Hut mit der roten Feder — der ist schon lange perdu —

Severin hielt sich den ganzen Abend über an Karlas Seite. Die Stimmung war allmählich immer lauter geworden und die blonde Ruschena, geputzt und frisiert wie eine Puppe, holte ihre Mandoline. Die Modellmädchen hatten das Würfelspiel aufgegeben, sie saßen schwatzend beim Tische, aßen belegte Brötchen und schlürften den Sekt, den der Diener servierte. Lazarus Kain hatte sich zu ihnen gesellt und erzählte Anekdoten. Einige der Herren waren mit ihren Mädchen gekommen. Die saßen nun kauend in den bequemen Atelierstühlen und zeigten unter den kurzen Röcken ihre Beine. Ein unglaublich magerer Mensch im modischen Gehrock und mit noblen Allüren saß neben Doktor Konrad und weissagte den Gästen, die zu ihm kamen, der Reihe nach die Zukunft aus den Linien ihrer Hand. Auch Severin ging zu ihm hin und bat ihn darum. Der magere Mensch blickte ihn hinter den runden

Brillengläsern forschend an und hielt seine Hand länger als die der andern vor sein Gesicht.

Sie haben ein Schicksal erlebt — sagte er dann, als er wieder aufsah — ein großes Schicksal, was war das? —

Ich habe nichts erlebt — sagte Severin und zog seinen Arm zurück.

Dann kommt es noch — Sie haben eine Hand, vor der man sich fürchten könnte.

Severin ging auf seinen Platz zurück und setzte sich wieder neben Karla. Es ärgerte ihn, daß er dem Buchhändler gefolgt und mit heraufgegangen war. Der saß nun vergnügt unter den lachenden Dirnen und amüsierte sich. Seine eckigen Schultern hüpften und sein kahler Judenschädel zitterte. Severin lauschte in den Lärm mit einem Gefühle des Ekels und der Traurigkeit. Der Tabakqualm stieg in breiten Bändern in die Luft und legte sich um das Licht der Lampe, die an kunstvoll gearbeiteten Ketten von der Decke hing. Ab und zu ging Doktor Konrad von einer Gruppe zur andern und spielte mit der übertriebenen Höflichkeit des Slawen den Wirt. Er war ein großer vollbärtiger Mann und mochte ungefähr dreißig Jahre alt sein. Unter dem Smoking trug er eine helle Phantasieweste mit blauen Knöpfen. Sein kluges Gesicht war von einer etwas tartarenhaften Schönheit. Severin sah ihm zu und suchte zu ergründen, warum dieser Mann, dessen Doktortitel in seiner Umgebung einen fremdartigen Klang annahm, die Tage in kostspieligen und inhaltlosen Schlemmerein verbrachte. Ihm fehlte der erotische Anreiz von Situationen, wo ein paar Modelle mit frecher Grazie die Röcke übers Knie schoben, die hübsche Ruschena sentimentale Strophen und unanständige Lieder klimperte, wo der Sekt die Weiber betrunken machte und der alte Lazarus sein Repertoir von Kalauern aufbrauchte. Ihn dürstete mehr wie je nach dem wirklichen Leben, das Blumen und Grauen bescherte und das mit Sturmbacken den Alltag zerblies. Bisher waren es nur Surrogate gewesen, die ihm genügen mußten. Sein Verhältnis mit Zdenka, das jeder großen Form entbehrte, das Spiel mit Susanna und nun hier der wüste Kehraus in Konrads Atelier, wo er übellaunig neben der schlanken Karla saß. Er sah sie von der Seite an und studierte die Spuren, die ein wechselvolles Dasein in ihr feines Gesicht gegraben hatte. Er wußte, daß auch sie in kurzer Zeit ihm gehören werde, denn es ging von ihm eine Kraft aus, die die Weiber zu ihm zwang, die sie lockte, seinen verschlossenen und schweigsamen Mund zu küssen. Auch hier merkte er es, wie sie alle mit matten Augen nach ihm lächelten, wie auch die blonde Ruschena ihn mit heißen Blicken ansah. Und neben ihm lag die schmale Hand Karlas, die damals der schöne Kavalier geküßt hatte, auf der Polsterlehne des Stuhles. Sie kannte das Theater und das Leben. Er wollte sie fragen, ob es denn nicht möglich sei, sich ein künstliches Leben zu schaffen, das dem wirklichen zum Verwechseln ähnlich war und das man meistern konnte. Ob es nicht anging, Tragödien in die Tage zu bauen, Operetten mit tiefen und nachklingenden Pointen? Was war denn die Bühne? Auch da war es ja doch nur ein Spiel und dennoch weinten und jubelten die Leute, Verbrechen geschahn und die Angst schlug mit den Flügeln gegen papierene Wände. Aus den Launen und Eigenwilligkeiten des Herzens ein Schicksal machen, für sich und für andere, so wie man Landschaften und Städte im Theater aus Holz und Pappe macht — war das so schwer?

Aber Karla schüttelte nur leise den Kopf.

Wozu? Wozu? — Es kommt ja doch alles von selbst —

Nein! Nein! — schrie Severin — das ist nicht wahr!

In diesem Schrei war eine Anklage ohnegleichen, eine überhitzte Sehnsucht, wie sie mancher hier kannte, und die sich wie ein Echo an den verqualmten Wänden des Ateliers zerstieß. Es wurde still und die Gespräche verstummten. Alle sahen nach Severin hin, Ruschena legte die Mandoline beiseite und hing mit den Augen an seinem leidenschaftlichen Gesicht. Karla strich mit nervösen Fingern den schwarzen Samt ihres Kleides zurecht und beugte sich zu ihm. Die glühende Schönheit früherer Tage wachte mühsam in ihrer rauhen und zerrissenen Stimme auf und es klang darin wie der Ton in einem gesprungenen Glas. Sie sprach zu ihm von dem Glanz ihres Lebens, als sie noch den Hut mit der roten Straußenfeder trug. Von dem Jüngling, den Severin damals auf der Straße gesehen und der sie geliebt hatte. Sie sprach von den Untiefen und Niederungen des Glücks. Sie flüsterte und stockte, und mit einem Male war wieder das liebliche Magdalenenlächeln auf ihren Lippen, auf das er den ganzen Abend vergebens gewartet.

Da kam eine fieberische Lustigkeit über Severin. Er nahm sein Glas, stieß mit Karla an und trank. Immer wieder goß er den kalten Schaumwein durch die Kehle, bis ihm das Atelier zu einem Durcheinander von Gestalten und Gesichtern verschwamm, bis Ruschena mit der falschen Lockenfrisur auf dem Teppich in der Mitte mit fliegenden Röcken einen Cancan zu tanzen begann.

KAPITEL V

Zwischen Nikolaus, der an dem Atelierabend Doktor Konrads die Gäste mit seinen Handlesekünsten unterhalten hatte, und Severin war es seither zu einer Art Freundschaft gekommen. Es war etwas Unklares und Unergründetes in der Person des jungen Studenten, das Severin anzog und seine Gesellschaft suchen ließ. Niemand wußte etwas Genaues über Nikolaus zu berichten, der vor ein paar Jahren nach Prag gekommen war und an der Universität die philosophischen Fächer studierte. Auf den Sportplätzen auf dem Belvedere sah man ihn beim Fußballspiel und beim Tennis, und man begegnete ihm in den Bootshäusern der Ruderklubs an der Moldau. Abends saß er in den Kaffeehäusern der Stadt, spielte stundenlang Schach mit allerhand Leuten und trank zwischendurch aus einem dünnen Strohhalme ungezählte Gläser Schwedenpunsch. Man wußte, daß er reich war, eine große und wertvolle Bibliothek besaß, mit Künstlern Umgang pflegte und okkultistische Liebhabereien betrieb. In seiner mit Eleganz und gutem Geschmack ausgestatteten Wohnung gab es eine Menge merkwürdiger und ungewohnter Dinge, Buddhabronzen mit unterschlagenen Beinen, mediumistische Zeichnungen in metallenen Wandrahmen, Skarabäen und magische Spiegel, ein Porträt der Blavatsky und einen wirklichen Beichtstuhl. Man erzählte, daß in seinem Zimmer einmal ein Mensch auf geheimnisvolle Weise ums Leben gekommen sei. Niemand war Zeuge dieses Vorfalles gewesen und die gerichtliche Untersuchung ergab, daß der Revolver, ein schönes und kostbares Stück, das Nikolaus seinem Besucher zeigte, unversehens sich plötzlich entladen und ihn getötet hatte. Das Verfahren gegen Nikolaus wurde eingestellt, aber ein hartnäckiges Gerücht brachte noch lange Zeit eine Dame der Gesellschaft mit dem Unglück in Verbindung und man munkelte von Totschlag und einem amerikanischen Duell, ohne daß Nikolaus in Hinkunft sich bewogen fand, diesen verdächtigen Geschichten entgegenzutreten.

Auf Severin machte die Erzählung von dem rätselhaften Tode des jungen Menschen einen ungeheuren Eindruck. Mit einer unverhohlenen Scheu betrachtete er das hagere Gesicht seines neuen Bekannten, wenn er die Abende nun mitunter in dessen Wohnung verbrachte und von den schweren Schnäpsen kostete, die Nikolaus in den matt gefärbten Gläsern kredenzte. Immer wieder gingen seine Blicke nach dem zierlichen Damenschreibtisch hinüber, wo scharf geschliffene Dolche zwischen Büchern und Papieren lagen, wo er hinter den gelben Messingschlössern die Schußwaffe vermutete, die damals den Tod in dieses Zimmer gebannt hatte. Den Tod. Es war etwas in dem dumpfen Klange der Silbe, das ihm aufreizender, beziehungsreicher zu sein schien, wie alle die schläfrigen Äußerungen eines behüteten Lebens. Ein kleiner und perverser Neid kroch an die Oberfläche seiner Seele und blieb in trüben Blasen zögernd stehen. Neid gegen Nikolaus, der mit gleichmütigen Händen mit dem Opalring an seinem Finger spielte, über Bücher und Zeitschriften plauderte, während der Teppich unter seinen Füßen vielleicht noch das trockene Blut des Mannes bewahrte, der auf ihm gestorben war. Er fühlte die Überlegenheit eines Charakters, der sich korrekt und blasiert vor der Welt verriegelte, der trotz seiner Jugend nichts mehr von der unsicheren Gestaltslosigkeit hatte, der dem seinen innewohnte.

Auch Karla kam manchmal mit ihm in das Zimmer zu Nikolaus. Seit ihrer Begegnung mit Severin folgte sie ihm auf Schritt und Tritt und wußte es so einzurichten, daß sie fast täglich mit ihm zusammentraf. Für ihre empfindsame, von Frösten und Gluten geprüfte Seele war er ein neues, noch ungenossenes Fieber, dem sie verfallen war und dem sie erlag. Sie warb um ihn mit einer beharrlichen Verliebtheit, mit dem echten und ungekünstelten Schmachten ihres schwermütigen Wesens, mit den erfahrenen Künsten einer rücksichtslosen Koketterie. Auch Severin konnte sich der Wirkung ihrer Persönlichkeit nicht entziehen, aber es ging ihm mit ihr wie mit allen Erlebnissen, die bisher an ihn herangetreten waren. Es gab Augenblicke, wo sich sein Herz an der Schwelle dessen glaubte, was er nur dunkel tastend verstand und was für ihn ohne Namen war. Dann zitterten die Hände beider ineinander, dann hatte alles, was um ihn geschah, einen goldenen und besonderen Glanz, dann saß er still und unbeweglich und fühlte die Dinge der Welt um sich in einer betörenden Schönheit. Dann kamen wieder Stunden, in denen ihn die Gnade ganz verließ. Da spürte er mit Groll und Trauer, daß ihn eine Laune täuschte. Er sah die Lichter in Karlas Augen, ihren hohen und schlanken Leib, ihre lässigen Glieder. Er sah die kupplerischen Schatten der Dämmerstunde, die fahl und verlegen zur Erde hingen, auf der mit einem Male kein Wunder mehr war. Und er küßte Karla auf ihren Mund und nahm sie, so wie er Susanna genommen hatte und Ruschena nehmen würde, wenn sie ihn darum bat.

Er sprach mit Nikolaus über sein Herz. Er erzählte ihm alles, was er bei sich bedachte, wenn er des Morgens im Bureau die Zahlen auf das graue Papier schrieb und das nackte Licht der elektrischen Birne auf der feuchten Tinte flimmerte. Er sprach von dem Buche, das er als Knabe gelesen, von der Angst, die ihn manchmal erfaßte, wenn er vor der verschlossenen Türe seiner Wohnung stand und sich minutenlang nicht getraute sie zu öffnen, gerade als ob sich etwas Schweres für ihn damit entscheiden sollte. Er weihte ihn in seine Liebesabenteuer ein, so weit er sich an alles entsinnen konnte, was ihm in durchschwärmten Nächten, in den Bars und Tingel-Tangels der Vorstädte in dieser Hinsicht widerfahren war. Immer hatte er geglaubt, im Innersten berührt zu sein, das große und absichtslose Geschehen in sich zu spüren, das die andern alle überwältigte, das die Frauen in die Moldau trieb und den Männern die Pistole an die Stirne drückte. Einmal war er dabei gewesen, als die Flößer am Flußufer von Podskal die Leiche eines Weibes aus dem Wasser zogen. Es war eine junge Person aus dem Volke, ein Dienstmädchen oder eine Handwerkersfrau, und die nassen Kleider, die an dem starren Körper klebten, legten sich straff um die kräftigen Schenkel und die runden Brüste. Severin kam dazu, als die Leute sich um die Tote versammelten und der Polizeimann seine Notizen machte. Er sah ihr im Sterben verkrampftes Gesicht und den bläulichen Mund und fragte sich, wie wohl das Dasein dieses Menschen beschaffen gewesen sein mußte, welche Gewalttätigkeiten und Nöte es zu diesem Ende brachten. Er las täglich in der Zeitung von einem Selbstmord. Bald hatten sich zwei in einem Hotelzimmer erschossen, bald nahm ein Mädchen Gift und starb unter Qualen. Halbe Knaben noch, Schuljungen und Fünfzehnjährige töteten sich, weil sie das Leben nicht mehr ertragen konnten. Severin begriff das nicht. Er sah mit Trotz und Einsamkeit die lange Reihe der Unglücklichen, die an einem Haß oder einer Liebe zugrunde gingen, er las in den Gerichtsverhandlungen der Tagesblätter von den Mühseligen, die erschüttert zwischen den Schicksalen schwankten. Die Zahl der Opfer und der Sieger in diesem Kampfe wuchs vor seinen Augen und er wußte, daß auf der Straße neben ihm Menschen mit brennenden Seelen gingen, Hasardspieler, die ihr Glück auf eine Karte setzten, Bankrotteure, die es nicht mehr konnten.

Nikolaus hörte ihm nachdenklich zu und schob mit einer kleinen Elfenbeinschaufel die Haut hinter seine polierten Nägel. Und als Severin von Zdenka und Susanna sprach, von den Frauen, die er kannte, wie er in den Armen der Kellnerinnen, im Bette der Jüdin, unter den Liebkosungen Karlas vergebens auf den Rausch seines Blutes gelauert, meinte er:

Weibergeschichten sind nichts für Sie. Ich glaube, daß Sie etwas Größeres erwartet. —

Severin erschrak. Er gedachte der sonderbaren Prophezeiung, die Nikolaus bei ihrer ersten Begegnung im Atelier des Doktor Konrad aus den Linien seiner Hand gelesen hatte. Er fühlte seine Pulse schlagen und empfand mit Sträuben und Schauer die Nähe eines unförmigen Geschicks, dem er mit allen Sinnen zustrebte und das er nicht kannte.

KAPITEL VI

Unvermutet war es plötzlich Winter geworden. Als Severin eines Morgens aus dem Hause trat, lag der Schnee auf den Dächern und Steigen der Stadt und wirbelte in der Luft, in der noch die letzte Dämmerung der Nacht lagerte. Es war acht Uhr und die Straßengeschäfte öffneten laut und umständlich ihre Laden. Der Wind blies eine leichte Kälte in die verschneiten Gassen, und Severin fror ein wenig in dem dünnen Überrocke. Er war überrascht und ging langsam auf einem kleinen Umwege zur Kanzlei. Zum ersten Male seit Jahren kam es ihm wieder zu Bewußtsein, daß der Schnee einen eigenen Geruch habe, wie Äpfel, die lange Zeit zwischen den Fenstern gelegen sind. Schon als Kind besaß er eine empfindsame Witterung für das Aroma, das einem jeden Ding und einer jeden Zeit anhaftete. Er dachte an die Tage des Schulanfangs, wenn er nach den Ferien zum ersten Male wieder das Klassenzimmer betrat und ihm der feuchte Duft der Kreide entgegenschlug. Er entsann sich des Behagens, wenn er nach langen und schweren Frösten in der Frühe das Tauwetter durch die Ritzen der Türe spürte, wenn er dann draußen von dem Eiswasser kostete, das in glitzernden Strähnen von den Bäumen und Gesimsen niederrann und das in der Sonne ganz anders und milder schmeckte als im Schatten. Seine Kindheit war erfüllt mit dieser Freude an vielerlei Gerüchen, die ihm wohltaten oder ihn bedrückten, an denen er Folge und Wiederkehr erkannte und die die Jahreszeiten begleiteten. Nun war er froh, daß der Herbst vorbei und der Winter da war. Ihm war es, als ob sich damit etwas Neues ereignet habe, etwas, das ihm schon lange gefehlt hatte.

Im Bureau saß er still, den Kopf hinter den hohen Aufsatz des Schreibtisches gebeugt und sah hinter den schmutzigen Fensterscheiben die weißen Sterne in den Hof fallen. Auf dem Wege war er an den Buden der Nikoloverkäufer vorbeigegangen. Die geschnitzten Teufel streckten die roten Flanellzungen nach ihm aus und an den Straßenecken waren ganze Buschen von goldenen Ruten aufgestapelt, mit schreiend bunten Papierblumen beklebt. Auf grünlackierten Brettchen standen die Heiligen in ihren steifen Gewändern und hatten einen Bart aus Watte.

Am Abende ging er auf den Altstädter Ring, wo der Jahrmarkt war. Zwischen Pfefferkuchenreitern, gelben Trompeten und farbigen Kindertrommeln drängten sich die Menschen und die Mädchen schoben sich paarweise durch den Schwarm. Die Windflammen taumelten über den ausgebreiteten Süßigkeiten und beleuchteten flatternd den roten Turban der Männer, die den türkischen Honig feilboten. Vor dem niedrigen Zelte eines Panoptikums lehnte Zdenka und starrte den Mohren an, der an der Kasse saß und die Eintrittsgelder sammelte. Es war lange her, seitdem sie Severin zum letzten Male gesehn. Als er jetzt plötzlich ihren Arm berührte, schrie sie vor Schrecken.

Du — du — stammelte sie und ihre schöne, vom Weinen entstellte Stimme schwankte. Dann aber nahm sie seine Hände und führte ihn abseits aus dem Trubel in eine stille Gasse. Beim Licht einer Straßenlaterne sah sie in sein Gesicht und da bemerkte auch er, wie schmal und elend das ihre geworden war. Ihre Nase war mager und spitz wie bei einer Kranken und ihr Mund war dünn. Nur die Süßigkeit war noch da, in den verhärmten Winkeln und Schatten ihrer Augen, die sie zu ihm mit einem Blicke aufschlug, den er an ihr nicht kannte. Sie wollte reden, aber sie konnte es nicht. Und wie sie nun vor ihm dastand, wirr und hilflos, von der Liebe betäubt, da regte sich in Severin neben dem Mitleid mit Zdenka eine selbstgefällige Freude an ihrem Schmerz. Er verglich sie in der Erinnerung mit dem Mädchen aus dem Theaterstück, an das er immer denken mußte, wenn er mit Zdenka beisammen war. Er dachte bei sich, daß nun das Stück zu Ende sei und der Vorhang fallen müsse. Und etwas von der alten Zärtlichkeit des vergangenen Sommers war in der Bewegung, mit der er ihre Wange streichelte und über das Haar hinstrich, das ihr in die Stirne wollte. Da fiel sie ihm mit einem wehen Ausruf vor die Füße und faßte mit den Händen seine Knie.

Severin —

Ein paar Leute, die vom Jahrmarkt nach Hause gingen, blieben in der Ferne stehen und sahen auf das Mädchen hin, das weinend auf der Erde kauerte. Severin machte ihre Hände von seinen Knien los und ging davon, ohne sich umzukehren.

Im Zimmer des jungen Nikolaus war in die Wand ein kleines, mit Edelsteinen und Intarsien ausgelegtes Schränkchen eingelassen. Als Severin eines Tages nach dem Inhalt fragte, nahm Nikolaus einen dünnen Schlüssel aus der Tasche und öffnete es. Drin lagen sorgsam verpackt und übereinandergeschichtet rotkugelige Opiumpillen, Giftstaub in winzigen Glasröhren und indischer Tempelhaschisch in flachen Apothekerschachteln verwahrt.

Eine Liebhabersammlung — sagte Nikolaus.

Severin stand lange, von einer jähen Erregung gebannt, vor dem offenen Schranke. Seine Augen tasteten suchend in den zierlichen Fächern umher, in denen die Geheimnisse fremder Kulturen aufgespeichert waren, Stoffe, die einem Träume und Visionen brachten, die schwüle Räusche in das Blut träufelten, Gifte, die töten konnten. Ein liebkosender Wohlgeruch stieg ihm daraus entgegen. Nikolaus sah lächelnd die Spannung in seinem Gesichte und holte aus der Ecke ein blaues Fläschchen mit gläsernem Stöpsel hervor.

Das ist unfehlbar — meinte er — Aber Sie müssen vorsichtig sein —

Severin sah die trockenen Brocken einer tonigen Masse hinter dem geschliffenen Halse.

Was ist das? — fragte er.

Ein chinesisches Gift.

Und Sie wollen mir das schenken?

Nikolaus drückte die Türe des Schrankes langsam ins Schloß.

Ich habe mehr von dem Zeug — Und er drehte den Schlüssel um.

Als Severin die Treppe hinunterstieg, stieß er mit Karla zusammen. Sie hatte ihn tagelang vergebens erwartet und wollte eben zu Nikolaus, wo sie ihn zu finden dachte. Ihr schwarzes Samtkleid schleifte über die Stufen und ein paar Augenblicke stand sie hochaufgerichtet vor ihm und wandte ihm ihr regungsloses Gesicht zu, das weiß war wie vor einer Entscheidung.

Wo bist du? —

Severin hob seine Augen zu den ihren, die dunkel und abwesend über ihn hingingen und in denen er die Angst las, ihn zu verlieren. Er prüfte ihre hohe, königliche Gestalt, die wie eine fremde, sehnsüchtige Blume aus den Treppensteinen zu ihm emporwuchs und sah, daß sie schön war in dieser Sekunde. Auf ihren Lippen meinte er die Male der Küsse zu schauen, die er noch vor kurzem getrunken hatte. Aber es war ihm wie ein lange gewesenes, längst abgetanes Ereignis, das seine Seele nicht mehr erreichte. Mühsam, wie man im Schlafe die Worte sucht und kann sich nicht an sie besinnen, sagte er zu ihr:

Geh nach Hause, Karla — Ich liebe dich nicht mehr.

Ihre Hand löste sich vom Rande des Geländers los. Ein Windstoß kam durch das offene Tor des Hauses und machte sie beide frösteln.

Geh nach Hause — sagte er noch einmal und ging an ihr vorüber, wie er von Zdenka fortgegangen war, ohne den Kopf zu wenden.

In seinem Zimmer blieb Severin eine Weile im Finstern. Er fühlte nach dem Fläschchen in seiner Tasche, das die Wärme des Körpers an sich sog und merkte, wie kalt seine Hände waren. Dann zündete er die Kerze an.

Auf seinem Tische lag ein Brief, auf dessen Umschlag die schiefe und lüsterne Hand eines Weibes seinen Namen geschrieben hatte. Ein Bote mußte ihn gebracht haben, während er bei Nikolaus weilte. Er öffnete ihn und sah nach der Unterschrift. Und ungelesen hielt er den Brief der blonden Ruschena über die Flamme.

KAPITEL VII

Seitdem Severin das Pulver aus dem Giftschranke seines Freundes an sich genommen hatte, gewann eine unbezwingliche Unruhe über ihn Gewalt. Er war jetzt wieder ganz allein und verkehrte mit niemandem mehr. Er ging nicht zu Nikolaus, und mit dem alten Lazarus war er schon seit Wochen nicht mehr beisammen gewesen. Zum letzten Male hatte er ihn an jenem Tage gesehen, wo er den Buchhändler auf der Straße getroffen und mit ihm in das Atelier des Doktor Konrad gegangen war. Von Susanna hörte er nichts mehr. Seit dem Abende im Herbst, wo sie ihn von einer plötzlichen Flamme entlodert, in ihr Zimmer geführt, war er ohne Nachricht von ihr. Er hielt sich mit Absicht von dem Laden ihres Vaters fern, der spielerischen Vorliebe gemäß, die er für halbe und unausgeglichene Ereignisse besaß. Er fürchtete sich, die Erinnerung an die Jüdin durch eine gewöhnliche Folge zu verflachen und ihr den Reiz zu nehmen. Ihm drängten sich die unklaren Wünsche eines Genießers auf, der es zuwege brachte, ein Zuschauer des eigenen Lebens zu sein. Es kam ihm gelegen, daß Susanna keinen Versuch machte, zu ihm zu gelangen; mit Karla und Zdenka hatte er abgeschlossen. Eine zitternde Sehnsucht bohrte beständig in seinem verworrenen Herzen. Wenn er jetzt am Nachmittage aus der Kanzlei nach Hause kam, legte er sich wieder wie früher zu einem stumpfen und stundenlangen Schlafe nieder. In der Nacht lag er dann wach in seinem Bette und sah mit offenen Augen in die Dunkelheit. Er zählte die Stundenschläge der Uhr hinter der Mauer der Nachbarswohnung und wehrte sich gegen die Angst, die ihn befiel. Am Morgen ging er mit geränderten Lidern in sein Bureau.

Es kam auch vor, daß er mitten in der Nacht aufstand und sich ankleiden mußte. Es litt ihn nicht länger in dem zerwühlten Bett, in dem niedrigen und langen Zimmer, aus dem die Finsternis sich nur zögernd entfernte, wo es noch dunkel war, während draußen schon die Frühstreifen über den Himmel gingen. Oft schloß er in der zweiten oder dritten Stunde nach Mitternacht die Türe seiner Wohnung hinter sich zu und tappte die schwarzen Treppen hinunter zur Straße. Die Stadt, die er sonst tagsüber oder in den Abendstunden kreuz und quer durchstreift hatte, erhielt eine ungekannte und scheue Macht über ihn. Sie zerrte ihn aus schreckhaften Träumen in ihren Schoß. Dann ging er frierend, die verkohlte Zigarette zwischen den Lippen, an den schlafenden Häusern vorbei, sah in die späten Lichter einsamer Fenster hinein und horchte auf den Gesang der heimkehrenden Schwärmer und auf den schweren Schritt der Schutzleute. Früher war er auch häufig mit weinheißen Augen und ermattet vom Lärm in den Kneipen in den Nachtstunden nach Hause gegangen. Nun merkte er erst den Unterschied. Seine Sinne waren hell und wachsam; er sah, wie die Nacht alle Dinge veränderte, daß sie ein zweites und anderes Leben als am Tage lebten. Er sah, wie sie aus nüchternen und kahlen Plätzen melancholische Landschaften machte, aus engen Gassen feuchtwandige Burgverließe. Seine Unrast trieb ihn bis zu der äußersten Grenze der Vorstädte, wo die Zinskasernen in endloser Reihe hintereinander standen, in das fünfte Viertel, in dessen langweilig modernen Straßen man sich bei Lichte verirrte. Hie und da krochen noch ein paar Trümmer der alten Judenstadt aus dem Dunkel hervor, das Kloster der barmherzigen Brüder schob seinen ungeheuern Rumpf gegen die nachrückenden Neubauten, an denen noch die Gerüste hingen. Am Ufer des Frantischek brannten nur ein paar vereinzelte Lampen, und das Wasser des Flusses schlug schwer und gleichmäßig gegen die Brücke.

In den Nachtlokalen spielten die Musikanten auf den heiseren Violinen. Severin blieb vor den trüben Scheiben stehen und spähte zwischen den Fenstervorhängen ins Innere. Er hörte die Billardkugeln auf den grünen Brettern aneinanderschlagen und das Klappern des Büfettgeschirres. Wenn sich die Türe öffnete, kam der fade Geruch der Frühsuppe auf die Straße. Der Winter war kalt, und Severin drückte die Hände mit den schmerzenden Gelenken in die Tasche. Zuweilen ging er auch zu der Musik hinein. Dann ließ er sich einen brennenden Punsch bringen und hielt die Finger über die blaue Flamme. Der abgestandene Zigarrenrauch beizte ihm die Augen, aber die Wärme tat ihm wohl.

Es waren zumeist immer dieselben Lokale, in denen sich Severin vor der Kälte versteckte, der „Weiße Kranz" auf dem Obstmarkte, wo die Gäste den Kopf auf die überschlagenen Arme legten und bei den Tischen schliefen, die „Falte" in der Kleinen Karlsgasse, wo er oft stundenlang der einzige Besucher blieb, oder das russische Kaffeehaus an der Grenze zwischen Prag und Weinberge, wo die südslawischen Studenten verkehrten. Er kannte das alles noch von früher her, als er in den Nächten den Abenteuern nachgegangen war. Jetzt saß er fremd und erwartungslos in dieser Welt, die ihm unwirklich und automatenhaft erschien, in den Spelunken, wo die schäbigen Reste der Lustigkeit an der eigenen Stumpfheit erloschen, in den Kaffeesalons, wo die Bänke mit rotem Samt gepolstert waren und wo die Gäste wie Kellnerburschen und die Kellner wie Lebemänner aussahen. Er mußte über sich selber lächeln, daß er hier einmal den Hunger der Seele zu stillen gedachte. Jahre waren seitdem vergangen und es hatte sich nichts gewandelt in ihm. Nur bitterer, eigensinniger und verstockter war er inzwischen geworden. Seine übernächtige Erregung hatte nichts Gemeinsames mit dem lässigen Taumel um ihn her, und die Starrheit, die ihn lähmte, war eine andere als die auf den Gesichtern der Kokotten, die sich an den Marmortischchen räkelten oder zu ihm kamen und um ein Glas Tee zu betteln begannen. Er wußte es nicht, wie lange er sich nun schon in den Nächten in der Stadt herumtrieb und in den Wirtsstuben lungerte, die bis zum Morgen geöffnet hielten. Aber er fühlte, daß er im Kreise um einen Punkt herumging wie ein angepflocktes Tier an der Kette. Mit einem ohnmächtigen Grauen tastete er über sein Kleid, wo er das Giftfläschchen aufbewahrte. Als einmal die Winterfrühe nach einer durchwachten Nacht in den Straßen dämmerte, ging er zu Nikolaus.

Es war noch sehr zeitlich am Morgen, als die Türklingel hastig und verdrossen durch den Flurgang tönte. Nikolaus lag noch zu Bett und empfing den Besucher mit unverhohlenem Staunen. Aber als er in das verfallene, von Schatten durchfurchte Gesicht Severins blickte, gab er ihm die Hand.

Nikolaus schlief in einem Boudoir. Sein erlesener Geschmack hatte die hundert Dinge einer künstlerischen Kultur in dem Raume zusammengetragen, der eher dem üppigen Nest einer Kurtisane als dem Schlafzimmer eines Junggesellen glich. Eine silberne Ampel hing von der Decke herab, in der das Licht hinter honigfarbenen Gläsern glomm. Auf den Stühlen und den niedrigen Tischchen leuchteten die schweren Farben der Seide und des Brokat. Statuetten aus dunkler Bronze, Sandelholzbüchsen und japanische Lackmalereien standen neben zierlichen Gläsern und Schatullen, neben Meßkelchen und asiatischen Nippes, und ein großer, vom Alter geschwärzter Leuchter hielt sieben dicke und feierliche Kerzen in seinen Armen. Durch das gotische Muster des Vorhangs fiel der erste und trostlose Schimmer des Wintertages. Severins Augen gingen durch das Gemach, über die matten Linien der Tapete zu der Stelle, wo Nikolaus halbaufgerichtet in seinem goldenen Bette saß. Es war ein Ausdruck in ihnen, als ob sie sich nicht zurechtfinden könnten in der Umgebung, in der schwülen und gediegenen Schönheit, die sie schmückte. Es war ein Schrei, mit dem er die Hand erfaßte, die Nikolaus ihm bot. Alle Not, alle Gequältheit offenbarte sich in seiner Stimme. Er lag vor dem Bette des Jünglings und hatte den Kopf in die Kissen gewühlt.

Nikolaus — schrie er — wie war das, — — als Sie damals Ihren Freund getötet hatten — — — — — —

Nikolaus sah zu ihm nieder, wie sein Körper in einem namenlosen Krampf sich streckte. Ein Schrecken stieg mit dem Blute in sein Gesicht. Er hob den Arm und hielt ihn in die Höhe und seine Finger spreizten sich. Es war eine große, mitleidige Trauer, mit der er immer von neuem den Namen des andern rief:

Severin! Severin!

KAPITEL VIII

Doktor Konrad war tot. Nach einer laut verlärmten Nacht, die seine Gäste zum letzten Male bei ihm vereinigte, hatte er sich eine Kugel in den Kopf geschossen. Mit der ungefähren Sinnlosigkeit, die in seinem Leben gewesen, war auch das Sterben zu ihm gekommen. Er lag auf dem Boden neben dem türkischen Sofa zwischen zerbrochenen Gläsern und verschütteter Zigarrenasche, die noch feucht vom vergossenen Wein war. Aus einer kleinen Schläfenwunde rann das Blut auf die Parketten. In dieser Nacht hatte er den letzten Rest seines Vermögens ausgegeben. Als die Gäste gegangen waren, schoß er sich tot.

Es war eine bunt zusammengewürfelte Gruppe von Trauernden, die ihm die letzte Ehre gab. Junge Akademiker in abgeschabten Überziehern, die frostroten Hände in den Taschen vergraben. Sie blickten mit aufrichtiger Teilnahme auf den Sarg vor ihnen. Der, den sie heute zum Grabe geleiteten, hatte immer eine offene Hand für sie gehabt. Bummler mit Künstlerhüten und verwahrlosten Gesichtern. Dämchen mit enganliegenden Röcken, die beim Gehen die Beine sehen ließen. Elegante Frauen mit Pelz und ungeheuern Müffen, und Herren mit sorgfältig gebügelten Zylinderhüten, die sich kokett in der modischen Taille ihrer Winterröcke wiegten. Die blonde Ruschena ging hinter dem Leichenwagen. Severin war auf sie zugetreten und drückte ihr schweigend die Hand. Sie antwortete mit einem bösen und flackernden Blick, aber sie sagte nichts. Ihr glattes, ein wenig zu sehr gepudertes Gesicht ließ nichts davon erraten, daß sie dem Toten mehr gewesen, als die übrigen. Severin forschte in ihren Augen, aber sie wandte den Kopf zur Seite.

Neben einem großen Menschen mit schmalen Lippen ging Karla. Ihre hohe Figur war womöglich noch schlanker geworden und sie hielt sich ein wenig vornüber geneigt. Der weite Mantel schlotterte um ihren Körper und sie ging mit unsichern und schleppenden Schritten, ohne die hochmütige Anmut, die Severin an ihr kannte. Ihr Gesicht war alt und straff geworden in den wenigen Wochen, seit er ihr auf der Treppe begegnet war. Und er konnte es nicht unterscheiden, ob die Farbe ihrer Wangen von der Kälte oder der Schminke herrührte. Vor dem Museum in der Höhe des Wenzelsplatzes stockte der Zug. Der Priester nahm die Einsegnung vor und die Schar der Teilnehmer verlief sich. Nur die nächsten Bekannten folgten dem Sargwagen im Fiaker auf den Friedhof.

Auch Severin fuhr mit den andern. Er wischte mit dem Handschuh den Hauch von den Fenstern, der an den Rändern der Scheibe sich langsam zu Eis zu verkrusten begann. Draußen sah er die Wolschaner Straße mit ihrem trüben und einförmigen Panorama. Seit seiner Kindheit war er bei keinem Begräbnis gewesen. Er erinnerte sich, wie damals der Wagen, in dem er mit seinen Eltern saß, in einen Trupp tschechischer Demonstranten geraten war. Sie hatten auf dem Kirchhofe einen ihrer Märtyrer bestattet und kehrten nun nach Hause. Ein von tausend Stimmen gesungenes Kampflied kam drohend mit ihnen des Weges, daß die Pferde sich bäumten und zitternd stehen blieben. Severin dachte an die wunderschöne, mit Andacht und Grausen vermischte Angst, die ihn damals umklammert hatte und horchte auf das Rollen der Räder.

Es war beinahe schon dunkel, als er draußen vor dem Tore des Friedhofs ausstieg. Er stand neben Karla, als die gefrorene Erde in die Grube rollte und polternd auf den Sarg aufschlug. Erst jetzt in der Nähe bemerkte er, wie verbraucht und gelb ihr Gesicht aussah. Die Schminke lag in kreisrunden Flecken darauf und ihre schöne Stirne war welk und traurig. Und hier auf dem Friedhofe neben dem offenen Grabe erkannte er ihr Geschick; wie sie aus einem Schmerz in den nächsten und aus einer Liebe in die andere geriet. Sie zuckte zusammen, als er mit den Augen nach dem großen Menschen wies, neben dem sie heute unter den Leuten gegangen war. Leise und weich, wie man mit einem Kinde redet, fragte er sie:

Der da ists? —

Ja — sagte sie einfach und nickte nur.

Severin kehrte zu Fuße in die Stadt zurück. Er hatte den Kutscher entlohnt und verließ als Letzter den Friedhof, als die übrigen alle schon gegangen waren. Das bleiche Violett des Spätnachmittages lagerte über den Feldern und aus der Ferne kam das gedämpfte Brausen eines Eisenbahnzuges. Hie und da stand ein Baum am Rande der Straße und streckte die nackten Äste gegen den trüben Himmel. Der aufsteigende Abend spann langgedehnte Schatten und aus dem Rübenacker stieg der Nebel auf. Die Spatzen flogen über den Weg und flatterten wie große und schwarze Vögel in der Dämmerung. Die elektrische Straßenbahn fuhr mit gelben Augen vorüber und in der Stadt entzündeten sich die Lichter. Severin dachte an Konrads Tod. Ein lahmer und lächerlicher Gedanke hockte in seinem Gehirn, der ihn nicht losließ und dem er nachsinnen mußte. Er stellte sich das Antlitz des Mannes vor, den sie drüben gerade begraben hatten, wie es unter dem Sargdeckel in der Erde lag. Ein Schauer strich leise über seine Haut, fröstelnd, wie die Wolken am Horizonte. Er prüfte den Pulsschlag in seinen Handgelenken; aber er hatte gar keine Furcht. In der Weite rollten sich weiße Gestalten zusammen, aber er wußte, es war nur der Winterdunst. Die ersten Häuser der Weinberge lösten sich aus dem Grau. Er sah noch einmal den Weg zurück. Die Luft hing schlaff und reglos vom Himmel und der Frost hatte zugenommen. Aus den Schaufenstern der Kaufmannsgeschäfte fiel schon der Lampenschein auf den Gehsteig der Vorstadtstraßen.

Vor der Tür eines Pferdeschlächters blieb Severin stehen. Ein warmer Blutgeruch schlug ihm entgegen und der Ekel schüttelte ihn. Zwei Männer mit aufgestreiften Rockärmeln trugen eine Schüssel vorbei, aus der ein feuchter Dampf aufstieg und sich widerlich mit der Kälte vermengte. Severin knöpfte bedächtig seine Handschuhe zu, bevor er die Finger auf den schmutzigen Türgriff legte. Ein breitschultriger Mann mit roten Haaren sah ihn mißtrauisch an, als er für ein paar Kreuzer ein Stück Fleisch verlangte. In Zeitungspapier eingeschlagen trug er ein weiches und klebriges Bündel aus dem Laden. Beim Licht einer Straßenlaterne löste er vorsichtig die Schnur und öffnete es. Er nahm das Giftfläschchen aus der Tasche seines Rockes und schüttete den Inhalt auf das Fleisch; aufmerksam sah er zu, wie der feine und trockene Staub zwischen den blutigen Fasern glänzte.

Susanna saß neben dem Ofen und hörte dem Feuer zu, als Severin eintrat. Sie hielt die Hand vor die Augen, als ob sie schliefe und schaute zwischen den Fingern nach der Türe. Der alte Lazarus war ausgegangen und der Platz hinter dem Pulte war leer.

Guten Abend, Susanna — sagte Severin.

Susanna hob den Kopf in einem langen und verwunderten Schrecken. Ihre Schultern zitterten und die Falte zwischen ihren Brauen wurde tiefer und dunkler, als sie ihm den Gruß zurückgab. Und dann fragte sie mit einem besonderen Klang in der Stimme:

Woher kommst du, Severin?

Severin antwortete nicht. Unschlüssig stand er da und ein Gefühl durchrieselte ihn, das er kannte und das ihm schon lange entschwunden war. Als Student war es manchmal über ihn gekommen, wenn er zu Hause in alten englischen Romanen las und die Lampe summte. Dann war ihm zumute, als ob das Zimmer, in dem er wohnte, ein Teil der Erzählung sei, in die er sich eben vertiefte. Auf der Wand gegenüber huschten die Schattenrisse der Personen vorbei, deren Schicksale ihn beschäftigten. Und in dem trüben Lichte der Stube erkannte er ihre Gebärden.

Der Doktor Konrad ist tot — sagte er endlich und setzte sich in den Lehnstuhl mit den ledernen Armpolstern, der neben dem Pulte stand. Er sah an Susanna vorbei auf das Bild, das neben ihr in der Ecke hing und das er früher niemals bemerkt hatte. Es war eine Landschaft mit einem absonderlichen und traumhaften Baum, unter dem ein paar Menschen im Halbdunkel gingen. Ein Lufthauch streifte seine Wange; der Rabe flog hinter ihm auf und setzte sich auf seine Knie. Severin beugte sich über das Tier. Langsam zog er das vergiftete Fleisch aus der Tasche.

Das ist der Tod — sagte er und hielt es ihm vor den Schnabel. Der Vogel schnappte zu und floh damit in sein Versteck zurück.

Severin sah nach Susanna hinüber. Ihre schweren Zöpfe hatten sich gelockert und waren in ihren Schoß geglitten. Ihr Gesicht war undurchdringlich und fremd und ihr Mund war fest geschlossen. Es war ganz still und man hörte draußen die Schritte der Leute auf dem Pflaster, die an dem Laden vorübergingen. Über das Gemälde neben dem glühenden Ofen zuckten die Reflexe und malten Figuren auf die Leinwand.

Severin suchte in seinem Gedächtnis. Der Baum auf dem Bilde kam ihm bekannt vor und er hatte ihn schon einmal irgendwo gesehn. Aber er konnte sich nicht entsinnen.

Ich will gehn — dachte er und stand auf.

Guten Abend, Susanna! — grüßte er wieder und nahm seinen Hut. Dann horchte er noch eine Weile in den Winkel hinein, wo der Rabe sich zum Fraße verkrochen hatte und sich gar nicht mehr regte.

KAPITEL IX

In der Nacht war der Sturm gekommen und lief brüllend die Straßen auf und nieder. Aus der Ebene hinter den Grenzgebirgen hatte er eine schwere und dunstige Wärme mitgebracht und klatschte das Schneewasser von den Dächern. Severin lag wachend in der Finsternis. Das Fieber trieb den Schweiß aus seinem Körper und erhitzte sein Blut. Das Fenster klapperte und manchmal kam ein dumpfes Geräusch von unten herauf, wenn das Haustor in den Angeln stöhnte. Der gelbe Blitz eines Wintergewitters erhellte für einen Augenblick das Zimmer und in seinem Lichte glaubte Severin plötzlich das Bild zu sehn, das über dem Kopfe Susannas in dem Laden des Buchhändlers hing. Nun wußte er, wo er den Baum schon einmal gesehn hatte. Bei dem Begräbnis Konrads war es gewesen: an der Friedhofsmauer auf dem Platze, der für die neuen Gräber bestimmt war. Severin hatte ihn immer angeschaut, während die Leute den Sarg in die Erde hoben und in dem kalten Lichte des Tages war er ihm sonderbar und grotesk erschienen.

Er zog die Decke zum Halse und ihn fror. Ein großer Kummer bedrückte ihn, über den er sich keine Rechenschaft zu geben vermochte. Er dachte an den törichten und grausamen Besuch am Tage vorher und daß er den Raben getötet hatte. Draußen schlug der Sturm das klirrende Glas der Laternen entzwei und fuhr gurgelnd in den Kamin.

Matt und verschlafen ging er am Morgen ins Bureau. Auf den Gassen stand das Wasser in breiten Pfützen und der Wind war noch immer sehr heftig. Der Hut flog ihm vom Kopfe und fiel in den Kot. Severin bückte sich und setzte ihn wieder auf. Von der Krempe rann ihm der kühle Schmutz in die Stirne, aber er kümmerte sich nicht darum. In den Vormittagsstunden, während er rechnete und schrieb, ging draußen von Zeit zu Zeit ein strichweiser Regen nieder und prasselte gegen die Scheiben. Severin stand auf und sah auf die nassen Steine im Hofe hinunter. Eine fade Übelkeit stieg ihm wie eine glatte Kugel in die Kehle. Früher als sonst ging er nach Hause und warf sich wieder auf sein Lager. Aber der Schlaf wollte nicht kommen. Wenn er die Augen schloß, hatte er das Empfinden, daß er stetig und unaufhaltsam in die Tiefe fiel. Ein stumpfer Gedanke brannte beständig hinter seinen Schläfen, daß er entsetzt das Gesicht in die Kissen vergrub.

Der Wind hatte sich gelegt und es war beinahe schwül geworden. In der Stadt brach schon der Abend an und nur noch am Himmel zeichnete das entschwindende Licht schwarzblaue Ränder um die Wolken über den Häusern. Severin ging mit gesenktem Kopfe zwischen den Leuten. Eine maßlose Angst hing wie ein Gewicht an seinem Herzen und machte ihn taumeln. Ein schwerer Gegenstand drückte in der Tasche gegen seinen Leib und er umschloß ihn mit den Fingern. Es war ein großer und runder Stein, den er einmal in den Feldern aufgelesen und nach Hause genommen hatte.

Im Laden des Lazarus Kain brannte die Gasflamme über dem Pulte. Severin sah durch die Glastüre den kahlen und spitzigen Kopf des Buchhändlers. Eine Furche lief in der Mitte gegen die Stirne zu, als ob sich dort die Haut über einem gespaltenen Knochen spannte. Severin überlief es. Er suchte im Hintergrunde nach dem Bilde und erkannte mit einem starren und gequälten Lächeln den Baum, von dem er heute in der Nacht geträumt hatte.

Eine Hand legte sich auf seine Schulter und als er sich umwandte, stand Susanna vor ihm.

Was tust du hier? — fragte sie und ihre erloschenen Augen drohten. Ihre Gestalt wuchs groß und gebieterisch in der Dämmerung, und Severin sah voll Grauen, daß sie ein Kind erwartete.

Susanna! — flüsterte er.

Zum ersten Male seit Wochen fiel ein Licht in seine nackte Seele. Die Finsternis in ihm zerflatterte und er erschrak.

Warum bin ich hierhergekommen? — dachte er bei sich. Es war still und einsam in der fahlen Gasse und er fürchtete sich vor dem Gesichte der Jüdin. Die Hand, mit der er den Feldstein umkrampfte, fing an zu zittern und sein Blut blieb stehn.

Ich bin doch kein Mörder — sagte er laut und in derselben Sekunde sah er sich selbst in einem unsichtbaren Spiegel, von Lastern entstellt, die ihn erstickten, mit Geschwüren besät, in denen die Verhängnisse wucherten.

Jesus! — rief er und seine Stimme verriet es ihm, daß er gekommen war, um den alten Kain zu erschlagen.

Jesus!

Der Schrei war so furchtbar, daß Susanna erblaßte. Eine Ohnmacht verfinsterte ihre Gedanken und sie sah nur undeutlich und mit stockendem Herzen, wie Severin die Gasse entlang in die Dunkelheit lief.

Es war schon spät und der Mond stand weiß und ruhig über den Türmen. Die Wolken hatten sich verzogen und es war kühler und klar geworden. Severin ging unter den Bäumen des Belvederes und atmete die feuchte Luft, in der er schon den Geruch des kommenden Frühlings spürte. Unter ihm lag die Stadt im Tale. Hie und da brannten noch ein paar Lichter wie die Augen eines schläfrigen Tieres in der Ferne. Severin erfaßte ein Schauer. Er dachte an die Tausende, die da unten gleich ihm ratlos in einem trüben Leben versanken. Die Erinnerung an die Menschen überwältigte ihn, die ihm begegnet waren und die einer wie der andere sich selbst verloren. Karla, die sich verzweifelt an schleichende Schmerzen wegwarf, Konrad, über dessen Grabe die Erde noch locker war und Susanna, die nun ein Kind von ihm im Hasse gegen den Vater gebären würde. Eine Traurigkeit ohnegleichen zermarterte ihn. Er spähte in den Schatten der Häuser hinunter und sah seine eigene Gestalt, von den Rätseln der Liebe und des Todes vermummt, ruhelos in den Gassen, wo Mordgedanken aus dem steinernen Pflaster aufstiegen und sein Herz verblendeten. Er weinte und seine Tränen waren scharf und verzehrend wie Essig. Er stieß sich die Stirne an einem Baumstamm wund und biß mit den Zähnen in seine Rinde. Die Schauer der Verlassenheit kamen und er sehnte sich nach einem Gesicht, an das er das seine lehnen konnte.

Auf einmal war es ihm, als ob ihn im Dunkeln zwei Augen anblickten, die er lange vergessen hatte. Eine wunderschöne und gute Stimme wachte in seinem Gedächtnis auf und tröstete ihn. Er kehrte um und schritt den Weg hinunter zur Brücke.

Das Fenster der kleinen Stube auf dem Altstädter Ringplatze war noch hell. Es war immer das letzte in dem großen Hause, das erst spät nach den anderen dunkel wurde. Während der Schlaf vor den Schwellen kauerte und die Fledermäuse an der Uhr des Rathauses vorüberflogen, war Zdenka noch wach und ging erst zu Bette, wenn sie vom Denken müde geworden war und wenn die Lampe zu blinzeln anfing.

Severin war die Treppen heraufgestiegen und wartete vor der Türe. Er pochte und wollte rufen, aber seine Stimme gehorchte ihm nicht.

Severin!

Sie hatte den Riegel zurückgeschoben und stand jetzt glühend und verwirrt im Lichte. Die blonden Haare fielen offen auf ihr Kleid und sie preßte die Hände gegen die Brust. Ihr schmales Gesicht war lieblich, als sie ihm den Mund zum Küssen bot.

Ich wußte, daß du wieder kommst; und ich habe auf dich gewartet —

Er kniete vor ihr und streichelte ihre Hände. Ihm war zumute, wie einem Kind, das sich verlaufen hat und nun endlich daheim ist.

Ich liebe dich — sagte er und wußte, daß es nun endlich die Wahrheit sei. Und dann rief er ihren Namen, zärtlich und feierlich wie noch nie:

Zdenka! Zdenka!

Hand in Hand traten sie zum Fenster und sahen in die Nacht hinaus. Das Gröhlen der Betrunkenen lärmte in den Gassen und der Mondschein glänzte in den Fensterscheiben. Über den Dächern der Stadt hing er wie eine Flamme und hüllte sie in einen weißen Rauch. Severin fühlte, wie etwas Wunderbares geschah, das süßer und gewaltiger war wie die Abenteuer des Buches aus den böhmischen Kriegen. Er neigte sich zu Zdenka und suchte ihren Mund; und als er sie küßte, klang ein Getöse aus der Mondnacht in das Zimmer herein, ein grollender Schlag, als ob die Erde zerbrochen wäre.

Auf der Moldau hatte der Eisgang begonnen.

ZWEITES BUCH

DIE „SPINNE"

KAPITEL I

Langsam war wieder der Sommer gekommen. Unmerklich ging eine Woche nach der andern an dem Leben Severins vorbei, ohne sein Herz aus der Erschöpfung aufzurütteln, in die es seit dem Ende des Winters geraten war. An dem Abende, wo er in Not und Tränen in der Stube Zdenkas weilte, glaubte er nicht mehr an den Frieden. Und nun war eine wundersame Stille in ihm, die seine Sinne schärfte und in der er lächelnd wie ein Mensch nach einer schweren Krankheit ging. Eine zärtliche Aufmerksamkeit wachte in ihm auf, mit der er die Welt und ihre tausend Kleinigkeiten wie ein Fremder betrachtete, dem alles neu war und der immerwährend staunte. Der Morgen weckte ihn täglich aus einem langen und gleichmäßigen Schlaf und die Sonne stieg heiß und glänzend in sein Fenster, wenn er die Augen öffnete und sie geblendet wieder schloß; oder der warme Regen pochte an die Wand seines Zimmers, der die Luft draußen mit süßen Dämpfen füllte und den er so liebte.

Mit Zdenka war er jetzt immer beisammen.

Er fürchtete sich, so oft ihn die Erinnerung an den Winter überraschte und seine Liebe suchte bei ihr um Hilfe. Mit einer kindlichen Andacht genoß er ihre Gemeinschaft, die sie wieder wie früher an den Sonntagen zu den Erholungsplätzen der Stadt und der Vorstädte führte. In den Biergärten saßen sie mitsammen bei den Konzerten der Militärkapellen, die nacheinander Stücke aus Verdi und Wagner, Wiener Operettenschlager und den Traum eines Reservisten spielten. Die Blätter der Kastanienbäume spannen ein grünes Oberlicht in der Höhe und warfen schaukelnde Sonnenflecken auf die Tischtücher, an denen noch die Feuchtigkeit und der Geruch der Wäschekammern haftete. Severin sah Zdenka in das schöne Gesicht und führte mit der Trägheit des Rekonvaleszenten die Zigarette zum Munde. Die Stimmen der Leute, die an den Nebentischen schwätzten, taten ihm wohl. Aus den Bruchstücken der Gespräche, die zu ihm drangen, sprach das geregelte, behaglich erstickte Tempo eines Lebens zu ihm, an das er sich beglückt verlor.

Der Sommer hatte die Stadt in diesem Jahre, wie es ihm schien, ganz besonders verwandelt. Er spürte ihren Blutlauf noch immer im eigenen Leibe, aber es ängstigte ihn nicht mehr. An den Nachmittagen, bevor er Zdenka aus dem Kontor abholte, ging er durch die sonnigen Gassen. Er sah den Männern zu, die das Pflaster besprengten und freute sich, wenn aus den schadhaften Wasserschläuchen kleine Fontänen aufsprangen oder wenn sich hinter den zerstäubten Tropfen ein farbiger Regenbogen entzündete. Am Franzenskai blühten die Akazien. Severin setzte sich auf eine Bank am Rande des Ufers. Unter ihm floß die Moldau und ein Segelboot trieb langsam den Mühlen zu. Ein Schwarm von abenteuerlichen Wolken zog über den Himmel und bedeckte zeitweilig die Sonne.

Severin kannte dieses Bild aus seiner Knabenzeit. Damals hatte er manchmal mit dem Vater unter den Akazien des Kais auf die Tante Regina gewartet. Eine muffige Erinnerung dämmerte schläfrig in seinem Gehirn und das finstere Zimmer im Erdgeschosse tauchte wieder vor ihm auf, das die Tante mit dem alten Fräulein bewohnte. Dort war er immer gerne zu Besuche gewesen. Hinter den weißen Tüllvorhängen des Fensters hing ein Wetterhäuschen und vor seiner Türe stand ein Männchen mit einem Regenschirm aus rotem Blech. Das alte Fräulein war krank, und der Krebs fraß an ihrem gebrechlichen Körper. Auf dem Bethlehemsplatze hatte sie eine kleine Trafik gepachtet, eine hölzerne Bude im Winkel der Häuser, wo sie den Tag über Zigarren verkaufte. In der Wohnstube, die sie mit der Tante Regina teilte, war beständig ein seltsames Gemisch von Gerüchen nach Kellerluft und verdorrten Fronleichnamskränzen, nach Weihrauch und dem trockenen Duft der Tabakvorräte. Für Severin hatte das alles einen besonderen, von kindischen Ahnungen durchzitterten Reiz. Aus dem Zimmer der Tante, das mit Heiligenbildern und geweihten Kerzen, mit zerlesenen Gesangsbüchern und Korallenkreuzen gefüllt war, nahm seine Seele die erste Inbrunst mit nach Hause, von der seine Kindheit heimgesucht wurde.

Ein wenig von dieser Inbrunst regte sich wieder in Severin. Er sah die Kleinseite am jenseitigen Ufer des Flusses und die Karlsbrücke, über die die Ordenspriester in langen Röcken paarweise wie Schüler gingen. Etwas von der Stimmung der Nepomuktage war noch in der Luft zurückgeblieben, die ruhig über das Wasser strich und die welken Blüten der Moldauakazien vor seine Füße kehrte. Auf der Brücke stand noch das Holzgerüst mit den gläsernen Lampen vor der Statue des Märtyrers, wo die Landleute aus den Dörfern alljährlich zusammenkamen, um ihren Schutzpatron zu verehren. Severin gedachte der fieberhaften Erwartung, die das Fest des böhmischen Heiligen in seine Kindheit getragen hatte. Am Vorabende des Johannistages war er mit dem Vater zum Ufer gepilgert, wo sich die Menschen schon seit Stunden stauten. Beim Einbruche der Dunkelheit wurde hier ein Feuerwerk abgebrannt und die dünnen Raketen stiegen mit leisem Geknatter senkrecht zum Himmel. Unten schwammen die lichterbehängten Boote auf dem Flusse, und vor dem Altare des heiligen Nepomuk beteten die Bauern auf der Brücke.

Severin war schon seit Jahren in keiner Kirche gewesen. Die Glut seiner Jugend hatte sich in blinden und lässigen Schwärmereien verbraucht. Aus der Müdigkeit, die ihn hielt und von der er sich absichtslos von einem Tag in den anderen tragen ließ, kam nun die alte und lange vergessene Sehnsucht seiner Knabenseele herauf. Die Nachmittagssonne hatte aus dem Dufte der Akazien und dem Atem des Flusses einen warmen Dunst gekocht, dessen leise Fäulnis ihn erregte. Auf dem Gehsteig des Ufers ging eine Waisenschule spazieren und die gleichgekleideten Mädchen unterhielten sich flüsternd. Eine vermummte Nonne geleitete sie und ihre jungen Augen sahen unter der Kapuze einen Augenblick lang zu Severin herüber. Es waren graue und fromme Augen, mit einem Stern in der Mitte, so wie Tante Regina sie gehabt hatte.

Unschlüssig stand er auf und suchte in den Taschen seines Rockes nach einer Zigarette. Ihm gegenüber glänzte die Firmatafel der Bibelgesellschaft im Licht. Vor vielen Jahren hatte er hier einmal in den Schulferien für billiges Geld eine heilige Schrift gekauft. Er behielt sie nicht lange; sie ging ihm verloren, wie die meisten Bücher, die er besaß. Er dachte nur daran, weil er heute wieder den Wunsch nach den schweren, vom Alter nachgedunkelten

Berichten der Testamente und nach der hellen Weisheit der Evangelisten spürte.

Vor dem Monumente des Kaisers Franz spielten die Kinder im Sande. Ein weißbärtiger Greis mit einem grünen Augenschirm und einer verbogenen Brille bot klebrige Zuckerstangen feil und Brezeln mit Salz und Mohn. Severin kaufte den Rest seiner Ware und verteilte ihn unter die Kinder. Der Alte trug vergnügt den leeren Korb nach Hause; die Dienstmädchen auf den Bänken rückten zusammen und kicherten.

Eine weiche und beseligende Ergriffenheit nahm von Severin Besitz, die mit den lange verblaßten Dingen seiner Schulzeit verwoben war. Seine Gedanken tasteten vorsichtig in diese Welt zurück, in den naiven Zauber der Schulkapelle, zu dem scheuen Gefühl, wenn er die kühlen Kommuniontücher mit den Fingerspitzen berührte. Die Musik der Maiandachten fing an in seinem Innern zu klingen, wenn die Orgel sich mit dem Gesange der Marienlieder vereinigte und draußen, wo der Lindenbaum vor dem geöffneten Kirchenfenster wuchs, laut und mit bebender Kehle ein Vogel zwitscherte.

Er war über die Brücke gegangen und hatte das goldene Kruzifix mit dem Hute gegrüßt. Unversehens stand er vor dem Portal der Niklaskirche. Ihre grüne Kuppel funkelte über den Dächern, und auf den Stufen vor dem Tore lag grell und brennend das Licht. Severin trat ein. Aus dem farbigen Dunkel sahn ihn die steinernen Gesichter der Bischöfe an und seine Schritte widerhallten an den Säulen. Die Kirche war leer, nur eine schwarze Frau kniete unweit der Türe. Sie wandte sich um, als er eintrat und er erkannte die Nonne vom Ufer. Ihr Gesicht war weiß und unter der Kapuze brannten die Augen. Severin kniete neben ihr und betete laut: Gegrüßet seist du Regina! Und es war ihm, als ob über ihren Mund hinter den gefalteten Händen ein erschrockenes Lächeln ginge.

KAPITEL II

Karla hatte gemeinsam mit ihrem neuen Freunde eine Weinstube in der inneren Stadt errichtet. Neben der deutschen Universität, wo die Studenten mit den bunten Mützen vor dem riesigen Holztore standen, begann das Gassengewinkel. Aus den niedrigen Einfahrten der Durchhäuser kam ein kühler Hauch und vor den Gewölben der Kaufleute roch es nach feuchtem Filz und vermodertem Leder. Auch reisende Händler nächtigten hier manchmal unter den Laubengängen des Grünmarktes, die mit Schwämmen und frischen Beeren in die Stadt gekommen waren und hier mit ihren Körben den Morgen erwarteten. Bei Tag war da ein reges Leben. Auf den schmalen Fußsteigen drängten sich die Menschen, die Trödler riefen mit singender Stimme ihre Waren aus und die Fuhrwerke rasselten über das holprige Pflaster. In der Nacht verkroch sich der Lärm hinter die trüben Scheiben der kleinen Tanzlokale, nur zuweilen kam eine bezechte Gesellschaft des Weges oder ein Wachmann schlichtete, von einem Kreise von Neugierigen umgeben, eine betrunkene Schlägerei.

Eine feurige Bogenlampe hing vor dem Weinhause in der schwarzen Gasse. Wenn man aus den schlecht beleuchteten Häusern um die Ecke trat, stach einem das Licht in die Augen und durch die Türe klang das gedämpfte Spiel des Klaviers. Bei der Ausstattung der Räume hatte Karla den fruchtbaren und eleganten Geschmack des jungen Nikolaus zu Rate gezogen, den man auch jede Nacht unter ihren Gästen sah. Sie selbst hatte dann durch zügellose Dissonanzen eine aufreizende und besondere Schönheit in das Ganze gebracht, die ihrem Wesen entsprach und die sie nicht missen mochte. Zwar schüttelte Nikolaus nachdenklich den Kopf, als er zum ersten Male das Zimmer betrat. Der tiefe Ton der Tapeten ertrank in dem scharlachfarbenen Brande der Portieren, und über den geliebten schwarzblauen Samt der Tischläufer und Diwandecken hatte die Laune Karlas ein unruhiges und bizarres, blutrotes Herzmuster gestickt. Aber das ungeschulte Temperament, das hier zu Worte gekommen war, riß mit und bezwang. Und wenn Karla am Abende in einem zigeunerhaft wilden Gesellschaftskleide, das ihre schöne Brust und ihre Arme zeigte, das eigenwillige Haar durch eine Kette gefesselt, im Lichte der elektrischen Lampen stand, dann quoll der Wein süßer in die geschliffenen Kelche, und in der Musik war ein wunderbarer und betörender Klang.

Aber das Entzückendste, das die Leute anzog und lockte, war Mylada. Irgendwo hatte Karla dieses Mädchen entdeckt, dessen Herkunft niemand kannte und die niemals zuvor in Prag gesehen worden war. Jetzt saß sie jeden Abend in der Weinstube und ihr mageres Gesicht wurde nicht röter vom Trinken. Sie trug ein einfaches und grünes Kleid, das ihren Leib wie ein dünnes Hemd umhüllte und ihre kleinen und spitzigen Brüste sehen ließ. In wenigen Wochen hatten sich alle Männer in sie verliebt. Sie hatte eine Art, der niemand widerstand, die die Schweigsamsten zum Reden verführte und die Verschlossensten gewann. Ihre hellen Augen, die sich beim Sprechen manchmal umwölkten, konnten den Schwerfälligen bestechen, den Kapriziösen berauschen, den Lasterhaften überwältigen. Sie war ein neuer und aufrührerischer Trick in dem trägen Nachtleben der Stadt. Karla hatte sie als Sängerin engagiert und hie und da sang sie vor den Gästen mit heller Stimme zur Klavierbegleitung ein Lied. Deutsche Chansons, die in den Tingel-Tangeln gerade aktuell waren, tschechische Volksweisen, wie sie die Burschen vor den Türen der Vorstadt am Abende auf der Mundharmonika bliesen. Aber der Reiz ihrer Person hatte nichts mit diesen Liedern zu tun.

Ein ungeahnter Zulauf brachte das Weinlokal Karlas in Mode. Eine schrille Lustigkeit tobte hier in den Nachtstunden bis früh, schrie und stampfte und lachte aus vollem Halse. Draußen auf der Gasse, wo das Bogenlicht brannte, blieben die Passanten stehn und drückten sich neidisch in den Schatten. Der süßliche Elan der Wiener Musik rief sie zurück, wenn sie vorübergegangen waren und legte den Türgriff in ihre Hände. Die Lebensfreude, die drinnen im Walzertakte lärmte, krallte sich um die Einsamen und zog sie in den Lichtkreis der Lampe. Auch von den früheren Bekannten Karlas, die seit dem Tode Doktor Konrads nicht mehr zusammengekommen waren, fanden sich viele ein. Die blonde Ruschena kam und brachte einen dicken, blatternarbigen Maler mit. Sie saß in einer Ecke, schlürfte den sauern österreichischen Wein, den er spendierte und sah mit einem faden Lächeln in die Luft. Erst gegen Mitternacht erschien gewöhnlich Nikolaus. Er kam im Frack und seidener Weste von einem Abendbesuche, und Karla stellte den weißgekapselten Sekt für ihn in den Kühler.

Es war nach einem heißen Tage, als Severin mit Zdenka die erste Visite in der schwarzen Gasse machten. Über der Stadt zog unwillig ein Gewitter auf und sie waren beide müde. Zdenka hatte Hunger und Durst und da schlug Severin vor, einmal zu Karla zu gehn. Er hatte ihre Inserate in den Zeitungen gelesen und hatte auch im Bureau von Mylada sprechen gehört. Es war noch zeitlich am Abend und die Weinstube war leer. Nur der alte Lazarus hockte zusammengekauert in einem Winkel und war betrunken. Er erkannte Severin und begrüßte ihn winkend. Neben ihm saß Mylada in ihrem grünen Kleide und hörte geduldig seinen Gesprächen zu. Ihre hellen Augen schauten mit ruhiger Neugier zu Zdenka hinüber und streiften auch ihren Begleiter mit einem kurzen Blick. Severin sah ihr gebannt in das kleine und magere Gesicht. Ein erschrockenes Widerstreben hatte ihn gefaßt, als er beim Eintreten den Buchhändler erblickte. Jetzt saß er still und verwandelt auf seinem Platze und fühlte ungläubig den Stoß, der sein Blut beklommen und schwer zum Herzen trieb, während er Mylada betrachtete. Ein sonderbarer, ihm seltsam vertrauter Ausdruck in ihren Augen gab ihm zu raten. Zdenka verstummte verlegen, als sie die Falte auf seiner Stirne bemerkte und wagte es nicht, ihn zu stören. Erst als Karla in das Zimmer trat und ihm erfreut die Hände schüttelte, wachte er auf und besann sich. Sie setzte sich neben ihn auf den Diwan und begann flüsternd von Lazarus zu sprechen. Jeden Abend, wenn er sein Geschäft gesperrt hatte, kam er zu ihr und betrank sich. Aber er blieb nicht lange. Wenn sich nach dem Theater die ersten Gäste versammelten, ging er nach Hause.

Und Karla erzählte, wie er manchmal in der Betrunkenheit sinnlose Reden führe und weine:

Oft schlägt er mit den Armen um sich wie ein Vogel, der zu fliegen versucht und krächzt wie ein Rabe. Und dann schreit er wieder nach seiner Tochter — — —

Severin wurde bleich. Wie eine Vision sah er den Abend vor sich, wo die Jüdin ihm in der dunklen Gasse begegnet war und ihn verjagte. Er erinnerte sich nicht mehr an ihre Worte; aber er sah ihren Leib, den die Mutterschaft entstellte und zitterte. Er stand auf und ging zu dem Berauschten hin.

Guten Abend, Lazarus! — sagte er — Wie geht es Susanna?

Seine Stimme klang spröde vor Angst und er wunderte sich in demselben Augenblicke, daß er den Mut hatte, zu fragen.

Der Alte stierte in den Wein, ohne den Kopf zu rühren.

Heute ist sie aus dem Findelhause zurückgekommen — —

Und nach einer langen Pause, während die drei Frauen einander ansahen und den Atem verhielten:

Aber das Kind ist tot, Herr Severin, — — — mausetot — — —

Und Lazarus lachte, daß ihm die Tränen über die knochigen Backen liefen.

KAPITEL III

Der Sommer wurde liebreizender und zärtlicher, je mehr er dem Ende entgegenging. Jeden Tag spannte der Himmel seine fleckenlose Decke aus und die Sonne war milde. Severin verbrachte seinen Urlaub in der Stadt. Die Vormittage, die er jetzt müßig nach seinem Gutdünken verbummelte, waren für ihn ein lange entbehrter Genuß. Hinter den schweigsamen, von stumpfer Bureauarbeit vernichteten Jahren quoll zeitweise wundervoll klar die Stimmung der Schulferien auf und die Gedanken an sein armes, in der Tretmühle zerriebenes Leben, die Ereignisse des letzten Winters zerflatterten ihm wie dünne Gespinste. Früh, wenn der Schlaf von ihm abfiel, dehnte er die Glieder und lag noch eine Stunde im Bette. Bedächtig sah er den Ringen zu, die das Licht durch die Maschen des Vorhangs auf die Zimmertüre malte und fühlte sich von einer Last befreit. Dann wusch er sich und ging auf die Gasse. Er stieg auf die Höhe, wo man von den Weinberger Schanzen in das Nusler Tal hinunter sah. Neue, kalkweiße Gebäude glänzten unten in der Sonne und das Rauschen der fernen Eisenbahnzüge erfüllte die Luft. Irgendwo in der Nähe war in seiner Kindheit ein kleiner, verwilderter Garten gewesen, wo er nach Kieselsteinen und Schneckenhäuschen gesucht hatte und wo im Frühling auf dem ungepflegten Rasen die Gänseblümchen wuchsen. Neben dem Kinderspital guckte die Kuppel der Karlshofer Kirche wie eine ungeheure, braune Zwiebel zu ihm herüber und jenseits des Tals stand der neue Wasserturm in den Feldern von Pankraz, der ihm immer so vorkam, als hätte ihn jemand aus dem Bilderbuche herausgeschnitten, das er früher einmal besessen hatte. Der Morgen war durchsichtig und leuchtete über den Häusern. In einer Fabrik fing eine Sirene zu pfeifen an und ihre melancholische Stimme blieb noch lange wie ein neuartiger und einförmiger Gesang in seinen Ohren.

In diesen Vormittagstunden empfand er so eigentlich erst das vielgestaltige Leben der Stadt. Neben ihm und hinter ihm dehnten sich ihre tausend Straßen und wenn er drüben den Talhang erstieg, sah er die Moldau unter den Wyschehrader Schanzen vorbeifließen und die grellen Reflexe der Sonne schwammen wie glühende Brände auf ihrem Wasser. In den verfallenen Schießluken des Schanzgemäuers sproßte das Gras. Severin dachte an die Abende zurück, wo es ihn dumpf und unruhig bedrückte, wenn er von Furcht und Ahnungen überrieselt im Gewirre der Häuser stand. Die Stadt, die vor ihm lag und ihre Türme in den Morgen tauchte, schien ihm schöner zu sein und hatte doch ihre Wunder behalten.

Auf dem Heimwege trat er zumeist in das geöffnete Tor einer Kirche ein. Seit jenem Nachmittage auf der Kleinseite trieb ihn immer etwas an, im Dunkel der Seitenaltäre zu verweilen, wo die Statuen mit ernsten Mienen in der Nische lehnten und wo das ewige Licht in einem roten Glase brannte. Er setzte sich auf eine Bank und ruhte eine Viertelstunde. Zu dieser Zeit kam selten ein Besucher und nur ein altes Weib schlürfte manchmal mit kurzen Schatten über die Fliesen. Severin nahm die Stille in sich auf, begierig wie jemand, der lange den Lärm gewohnt war. Im Zwielicht des Schlupfwinkels, der ihn verbarg, spannen sich die Gedanken unlösbar ineinander und verstrickten sein Herz in eine kindisch verworrene Welt. Die Bilder des Vormittags kamen traumhaft wieder und er sah die Wellen des Flusses und die niedrigen Giebel des Hradschins in der helldunklen Luft und hörte die Dampfpfeife im Tale singen. Es kam auch vor, daß ein Geräusch ihn störte und daß eine Frau hinter ihm im Gebete kniete, die leise eingetreten war, bevor er sich umwandte. Dann schrak er zusammen und über die Schulter spähte er prüfend in ihr Gesicht.

Allmählich wurde es ihm bewußt, daß er die Nonne mit den Sternenaugen suchte. In einer grundlosen Laune hatte er sie Regina getauft und er glaubte am Ende selbst an diesen Namen. Es kam ihm in den Sinn, wie sie ihm unter den Akazien des Ufers begegnet war. Und in einem jähen und unergründlichen Zusammenhange mußte er plötzlich an Mylada denken. —

In diesen Stunden gab er sich Rechenschaft über die Tage, an denen ihn die Liebe Zdenkas beschützte. Er erlebte alles zum zweiten Male, was seither mit ihm geschehen war. Die Worte des alten Lazarus fielen ihm ein und nutzlose und grausame Tränen gemahnten ihn an sein Kind. Nach und nach begann er zu begreifen, daß die Idylle dieses Sommers nur eine Täuschung war. Die verschlafene Müdigkeit seines Herzens hatte ihn glauben gemacht, daß jetzt der Trost darin eingekehrt sei und ein wirkliches Glück. Aber die bösen Kräfte wohnten weiter darin, sie wucherten im geheimen, während er lächelnd den Mund seines Mädchens küßte und bissen wie ätzende Säuren sein Inneres wund. Irgend etwas hatte den flackernden Schatten in ihm aufgescheucht, vor dem er im Winter geflohen war und den er im Dunkel der leeren Kirche wieder erkannte. Er wußte es nicht genau, ob es Regina oder Mylada war und die Erinnerung an beide verwob sich ihm merkwürdig zu einer einzigen Gestalt. Das Schicksal Susannas war für ihn eine Deutung, daß sein Fuß auf einer schlimmen und unseligen Fährte ging. Wo sie vorüberführte, stand der Gram und das Unheil hinter ihm auf und auf seiner Spur welkte die Freude. Die Sorge um Zdenka packte ihn und er wand sich vergebens unter ihren Griffen. Und in der geängstigten Liebe zu ihr entdeckte er fröstelnd eine grimmige Lust, daß er ihr Leben in seinen Händen hielt und es zerknittern konnte.

Wenn Severin aus der Kirche wieder ins Freie trat, schüttelte er den Kopf über seine Träume. Die Mittagssonne floß wie ein warmer Honig durch die Gasse, und an der Mauer stand ein Blinder mit dem Hute in der Hand und blinzelte. Das köstliche Flimmern des Spätsommers hing über den Dächern, das draußen vor der Stadt aus den Stoppelfeldern aufstieg. Severin strich mit den Fingern über die Stirne. Unsicher ging er weiter und die wohlige Betäubung der letzten Wochen löste die Spannung in ihm. Aus den offenen Fenstern der Parterrewohnungen klang manchmal das Trillern eines Kanarienvogels auf und oben im dritten Stocke eines Hauses kratzte eine Geige. Von fernher kam ein Summen durch die Luft, ein metallisches Klingeln, das immer stärker wurde. Auf den Türmen huben die Mittagsglocken zu läuten an.

KAPITEL IV

Nathan Meyer liebte es, sein Leben vor den Leuten zu verstecken. Seitdem er mit Karla zusammen die Weinstube in der schwarzen Gasse eröffnet hatte, war er noch niemals unten bei seinen Gästen gewesen. Er hielt sein Zimmer versperrt, wo er zwischen Büchern und achtlos auf dem Fußboden verstreuten Broschüren hauste und verließ es nur in der Nacht, wenn die Bewohner des Hauses zur Ruhe gegangen waren und er niemandem mehr auf der Treppe begegnete. Er mochte ungefähr vierzig Jahre alt sein, aber das kurzgeschorene Haar und sein glattrasiertes Gesicht ließen ihn jünger erscheinen. Über seine Vergangenheit wußte man wenig. Sein Vater hatte eine große Brauerei in Rußland besessen und ihm nach seinem Tode ein stattliches Vermögen hinterlassen. Jahrelang lebte er von den Zinsen seines Kapitals, ohne den Drang nach irgendeiner Tätigkeit in sich zu spüren. Sein schroffes, durch keinerlei Gutmütigkeit gemildertes Wesen hatte seinen Hang zum Alleinsein nicht erschwert. Karla und er waren durch einen unbekannten Zufall zusammengeführt worden, aber sein äußeres Dasein ward dadurch nur wenig berührt. In der Wohnung, die sie miteinander teilten, blieb seine Türe auch ihr zumeist verschlossen. Darum war es für die wenigen Menschen, mit denen er in eine flüchtige Beziehung kam, erstaunlich und nur schwer verständlich, als Nathan plötzlich die Idee, ein Weinlokal zu gründen, mit Eifer und Beharrlichkeit verfolgte. Vielleicht hatte Karla die Anregung dazu gegeben, weil ihr beweglicher Geist in dem unerträglichen Einerlei ihres Zusammenlebens eine Beschäftigung suchte. Aber er begrüßte ihren Gedanken mit einem Fanatismus, der selbst für Karla unerklärlich blieb, die besser wie die andern die Energien kannte, die er unverbraucht in müßiger Beschaulichkeit vertat. Er hatte auch Mylada aufgespürt und sich händereibend für ihren Erfolg verbürgt. Aber als alles im Gange war und das Unternehmen zu einem vielversprechenden Anfang gedieh, nahm er seine Gewohnheiten wieder auf und bekümmerte sich nicht mehr darum.

Wenigstens schien es so. Denn es sah ja niemand das zufriedene Lachen auf seinen dünnen Lippen, wenn in der Nacht der Lärm der Musik aus der Weinstube in seine Kammer drang. Das Fenster stand offen und Nathan Meyer saß mit erhobenem Kopfe beim Schreibtisch und lauschte. Die stille Gasse fing alle Geräusche zwischen den hohen Wänden der Häuser auf und brachte sie in sein Zimmer. Er hörte, wie unten die Gläser aneinanderstießen und wie das spröde Gelächter Myladas die Männer erhitzte. Er hörte die schrillen und ekstatischen Stimmen der Menschen, die sich am Wein und an den Gesprächen berauschten. In sein glattes Gesicht trat ein Ausdruck der Genugtuung und er nickte. An manchen Abenden kam ein minutenlanges Brausen von unten herauf, das Zischen und Gurgeln einer ungehemmten und überschäumenden Lust, die sich überschlug und nicht zu fassen vermochte. Die heißen Akkorde des Klaviers tönten taumelnd dazwischen und schwere Hände wühlten aus den Tasten jubelnde Melodien, Walzer und Märsche. Dann nahm Nathan Meyer den Hut und den Mantel aus dem Schrank und ging die Treppen hinunter. Ungesehn und unerkannt stand er neben dem Weinhause und zählte die Gäste, die darin verschwanden. Das Bogenlicht der Lampe zeichnete einen hellen Kreis in die Finsternis der Gasse und beleuchtete die Gesichter der Eintretenden mit einem grellweißen Strahlenbündel. Einen Augenblick lang konnte Nathan die Seelen der Menschen erkennen, die vor der Türe Halt machten und geblendet ein wenig verweilten. Tiefer und unverschleierter als bei Tage zeigte die Lampe das Antlitz eines jeden. Die Gruben, die die Angst hineingegraben, die Furchen und Risse um starre, vom Nachtschwärmen entzündete Augen. Nathan hatte den Hut in die Stirne gedrückt und den Kragen des Mantels hochgeschlagen. Bewegungslos stand er im Dunkel und bewachte das Haus.

Severin erinnerte sich noch vom Begräbnistag des Doktor Konrad her an Nathan Meyer. Er hatte seine hohe, breitknochige Gestalt und seinen ingrimmigen Mund im Gedächtnis, wie er damals in der kalten Dämmerung des Winternachmittags neben Karla, zwischen den Leidtragenden schritt. Eine mitfühlende Bangigkeit mit der Frau war damals in ihm rege geworden, die vor kurzem noch seine Geliebte war und deren schlanke Grazie neben den robusten Schultern des Mannes müde und hingebungsvoll in sich zusammenkroch. Seither war er ihm kein einziges Mal mehr in den Weg gekommen, auch später nicht, als Karla ganz zu ihm übersiedelte und die Weinstube in der schwarzen Gasse schon im Betriebe war. In einem kleinen Kaffeehause in der Nähe der Moldau sah er ihn wieder, wo Severin jetzt manchmal vor dem Schlafengehn einkehrte, wenn er mit Zdenka den Abend verbracht hatte und wenn ihn die meuchlerischen und feigen Gedanken der Nacht noch vom Heimgange abhielten. Neuerdings war es ihm ein Bedürfnis geworden, wenigstens eine Stunde mit sich selbst zu verbringen, wenn er sich von Zdenka verabschiedet hatte und ihre sanften Liebkosungen nicht mehr da waren, um die Unruhe zu beschwichtigen, die ihn wieder wie früher in einem immer engern Bogen umkreiste. Sein Urlaub näherte sich dem Ende. Lichtlos und engbrüstig wartete der Herbst auf ihn. Das lautlose Dasein in seinem Bureau begann von neuem, wo die Tage wie Mauern aneinanderstießen und zwischen den engen Lücken sein Leben zerschürften. Wenn Zdenka bei ihm war und er die Wärme ihrer Hand auf seinem Arme spürte, dann ging er wohl noch mit der Miene des Gesundeten neben ihr her und ihre schöne Stimme erzählte ihm von dem großen Glück ihrer Liebe. Zugleich mit dem Nebel, der jetzt frühzeitig in die Straßen fiel und das Ende des Sommers prophezeite, kam die Unrast zu ihm. Er sah wieder wie einmal am Anfang mit einem verzerrten Lächeln auf den blonden Scheitel Zdenkas, die sich an ihn schmiegte. Wenn sie zu Bette gegangen war und ihr Fenster erlosch, grub er die Zähne in das Fleisch seiner Fingernägel. Er lief durch die Gassen und die Laternen zogen seinen schmalen Schatten auf den Pflastersteinen nach. Im Kaffeehause setzte er sich zum Fenster und schob den Vorhang beiseite. Ungeheuer hob sich der Rumpf des Rudolfinums vom Himmel ab, auf dem die Spätsommersterne wie rote Lampions verkohlten.

Es war in einer solchen Nacht, als Severin mit Nathan Meyer ins Gespräch geriet. Hinter den Zeitungen, die er las, hatte dieser schon längere Zeit nach ihm hingesehn und ein nachdenklicher Zug zog seine Lippen tiefer in die Winkel, während er mit den langen Fingern die Asche seiner Zigarette in den Messingbecher streifte. Severin antwortete anfangs wortkarg und mürrisch. Er fühlte sich unbehaglich und es ärgerte ihn, daß jener unverwandt sein Gesicht durchforschte. Aber es dauerte nicht lange, so saß er gebannt auf seinem Platze und hörte den Worten des Mannes zu, der ihm unvermittelt und ungebeten seine Bekenntnisse enthüllte. Sie waren allein in der niedrigen Kaffeehausstube, nur der Kellner schlief mit hörbaren Atemzügen in einer Ecke und aus dem Spielzimmer nebenan tönte noch das Klatschen der Kartenblätter zu ihnen herüber. Es waren sonderbare Dinge, die sie verhandelten. Die blinde und gehässige Wut der Einsamkeit flammte in der Stimme Nathans, das Gift brodelte darin, das die Herzen der Krüppel und der Wahnsinnigen verwüstet, der Haß gegen die Welt. Der zornige Unglaube an die Güte und Herrlichkeit der Erde, der erbarmungslose Hohn eines vermessenen Frevlers predigte von seinen Lippen, die sich beim Sprechen feuchteten und über die ein Zittern hinflog, das aus der innersten Seele kam. Mit einem trockenen und hüstelnden Geflüster neigte er sich zu Severin:

Wir sind alle ein bißchen Chemiker, die von drüben aus Rußland kommen. Ich habe Sprengbüchsen und Maschinen zu Hause, die eine Gasse umreißen würden, wenn ich es wollte. Aber das tun ja nur die Dilettanten. Es gibt feinere und bessere Mittel, die die Polizei konzessioniert und das Gesetz gestattet. — Sind Sie schon einmal in meiner Weinstube gewesen? — —

Severin überlief es. Er sah in die grauen und listigen Augen Nathans hinein und ohne weitere Erklärung verstand er ihn plötzlich. Ein Schrecken faßte ihn vor dem Manne, der auf Seelenfang ausging, ohne daß jemand es merkte.

— Vor einer Woche hat sich ein junger Herr erschossen — erzählte der Russe weiter. — Er hat die Kassa seiner Bank bestohlen, um bei mir Sekt zu trinken und mit Mylada zu schlafen. Ich habe seine Leiche im pathologischen Institute gesehn. — Ein Fratz, kaum über die zwanzig. Seine Mutter hat der Schlag gerührt, als sie davon erfuhr. Und das ist nur der Anfang. Ich kenne sie alle, die in das Haus hineingehn. Ich sehe sie an, wenn sie sich unbewacht glauben, im Finstern, neben der Türe. — —

Und nach einer Pause, während Severin schweigend wartete:

Ich habe einen Namen für das Haus gefunden, einen guten Namen, der die Leute anziehn wird: Die Spinne.

Severin stand auf. Der Speichel stieg ihm bitter in die Kehle und ihn schwindelte. Der kurzgeschorene Kopf Nathans tauchte in dem Rauche seiner Zigarette unter, und Severin sah statt seiner sekundenlang ein Bild vor sich, das ihn beklemmte. Da war die Stadt, riesengroß, mit tiefen Straßen und tausend Fenstern. Und mitten darin das Weinhaus in der schwarzen Gasse. Die Lampe über dem Eingang glotzte wie ein Auge und vor der Türe drängten sich die Leute. Sie kamen einer nach dem andern, wie die Mücken zum Licht — — Drinnen saß Mylada in ihrem grünen Kleide — — Unsichtbar, unter den geschweiften Beinen des Klaviers zusammengeduckt, kauerte ein plumpes Wesen, das die Nachtmenschen die Freude nannten —

Severin schüttelte sich und das Bild verschwand.

Wollen Sie nicht einmal mein Laboratorium besichtigen? — hörte er Nathan Meyer fragen.

Ich weiß es nicht — sagte er und mußte sich an der Lehne des Stuhles festhalten, um nicht zu fallen.

KAPITEL V

Es kamen die Regentage und wuschen die letzten Spuren des Sommers mit sich fort. Auf den Parkwegen stand das Wasser in großen Lachen und auf den Bänken klebten die Blätter, die der Wind von den Bäumen riß. Die Droschken fuhren mit nassen Lederdächern durch die Stadt, und die Buben pantschten mit nackten Füßen durch die Pfützen und bauten am Rande des Gehsteigs kleine Dämme aus dem Straßenkot. Rascher als sonst um diese Jahreszeit dämmerte der Abend hinter dem feuchten Himmel.

Severin stand beim Fenster. Das spärliche Leben des Vorstadtbezirkes, in dem er wohnte, ging langsam in zögernden Pausen durch den Nachmittag. Ein Kohlenwagen ratterte über die Steine und die großen Lastpferde senkten mißmutig die Köpfe. Ein Mann eilte mit schnellen Schritten die Häuser entlang und sein schwarzer Tuchschirm glänzte vor Nässe. Hie und da stieg ein schmutziger Papierdrache in die Höhe, den ein Kind an einem Faden durch den Regen zerrte; dann fing er schwer und ängstlich zu flattern an und fiel auf die Erde. In dem Kaufmannsladen an der Ecke surrte die Türglocke; eine junge Frau mit gebrannten Stirnhaaren trat heraus und schaute prüfend in das Wetter. Dann hob sie die Röcke hoch, daß man die hübschen Beine bis zu den Knien sehen konnte und lief die Straße hinunter.

Severin dachte an den Herbstregen in seinen Kinderjahren. Es war alles wie heute und die Knabenwünsche gruben in seinem Herzen ein wehleidiges Heimweh auf. Auch die Kaufmannsklingel gegenüber dem Vaterhause hatte denselben Klang. Severin wartete ungeduldig, bis unten wieder die Türe gehen würde. Einmal war er an der Lungenentzündung erkrankt, als ganz kleiner Junge, lange bevor er zur Schule mußte. Da hatte ihn manchmal ein eigentümliches Gefühl beschlichen, während er zu Hause im Bette lag und das schräge Licht der Gasse auf die gemalten Blumen auf der Zimmerdecke fiel. Draußen hantierte die Mutter in der Küche und von irgendwoher kam der langgezogene Ton eines Leierkastens. Da hatte das Fieber in sein Gehirn eine merkwürdige, kreisrunde Stelle genagt, die sich weich anfühlen mochte und mit einer feinen Membran bedeckt war. Es fiel ihm auch ein Vergleich ein; er erinnerte sich an die Bonbons, die er sich damals für einen Kreuzer auf dem Markte kaufte. Wenn der Zucker im Munde zerfloß, dann spürte er unter der papierdünnen Rinde die flüssige Fülle mit der Zungenspitze. Lange war dieses Gefühl in ihm verschollen gewesen und nicht mehr wiedergekommen. Jetzt war es wieder da, klar und bestimmt und Severin erkannte es wieder. Ein Schwarm von vertrauten, durch die Jahre verwaschenen Bildern kam zugleich in ihm herauf, die er seitdem vergessen hatte und die der Regentag wieder in sein Gedächtnis spülte. Die rußige Pawelatsche mit dem Eisengeländer, wo er mit dem Bruder kindische Spiele ersann und mit der Gummischleuder nach den Katzen im Garten jagte. Die alte Julinka, die das Gnadenbrot im Hause aß und dafür die zersprungenen Holzstiegen scheuern mußte. Die Sommerabende vor der offenen Türe, wenn ihm die roten Wolken zwischen den Dächern die ersten unverstandenen Tränen brachten und die Dienstmädchen in den Nachbarhöfen die tschechischen Lieder anstimmten, deren banale Süßigkeit ihn noch heute bewegte.

Auch Mylada kannte diese Lieder.

Severin lehnte den Kopf gegen die glatte Scheibe. Ein bettelhafter Schmerz verzog seine Lippen zum Weinen.

Die Nacht war gekommen und hatte den Regen in einen triefenden Nebel verwandelt, der durch die Fensterspalten in die Wohnungen drang und die Träume der Schlafenden beunruhigte. Severin hielt es nicht zu Hause. Er war seit dem Mittag nicht auf der Straße gewesen und ein stechender Krampf trieb ihm das Blut in die Schläfen. Er hatte Zdenka heute vergeblich warten lassen und eine lästige Reue staute sich in seinen Gedanken, wie der Dunst, der draußen die Gaslaternen verschleierte. Er zog den Wetterkragen um die Schultern und stülpte die Kapuze über den Hut.

Auf dem Marktplatze der Vorstadt scheuchte er zwei Gestalten auf, die sich hinter den leeren Bretterbuden der Obstverkäufer umschlungen hielten. Severin blieb stehn und sah ihnen zu, bis der Mann ihn gewahrte und mit dem Mädchen in die Dunkelheit flüchtete. Eine übermächtige Sehnsucht nach dem einfachen Glück dieser Menschen erfaßte ihn. Mit einer dumpfen und grüblerischen Spannung versuchte er zum hundertsten Male die Spur zu ergründen, die ihn seitab in eine unselige Wildnis des Lebens führte. Und eine schmerzliche, von Bangigkeit erdrückte, von Zweifeln zerrissene, ohnmächtige Lüsternheit nach den Küssen des Weibes verzehrte ihn jäh, das sein Begehren in derselben Stunde entfacht hatte, in der ihm Lazarus vom Tode seines Kindes sprach.

Vor der Rampe des Museums machte er Halt. Vor ihm lag der Wenzelsplatz und der Herbstdampf hing in weißen Wolken zwischen den elektrischen Flammen. Severin breitete die Arme aus.

Mylada! rief er und seine Stimme flatterte wie ein zitternder Vogel durch den Nebel.

In der „Spinne" zeigte der Zeiger der Wanduhr schon die zwölfte Stunde. Das Lokal war überfüllt und ein aufreizender Geruch nach vergossenem Wein schwamm über den Tischen. An den grünen Rauchringen der Zigarren kletterte das Gelächter empor und fiel mit Gekreisch wieder zu Boden. Der Lärm der Gespräche schwoll zum Getöse an, das sich nicht hemmen ließ und das glucksend abbrach, wenn die Musik begann oder einer der Gäste mit lauter Stimme ein Lied anstimmte. Karla selbst in einem bunten und verführerischen Kostüme saß beim Klavier. Ihr schöner Kopf bog sich zurück, während sie spielte und berührte den Nacken.

Severin setzte sich hinter sie und bestellte eine Flasche. Die dicke und verdorbene Luft des Zimmers benahm ihm den Atem und der Schweiß brach aus seinen Poren und klebte das Hemd an seine Haut. Karla spielte die Melodien, die die Leute verlangten. Das falsche und lügnerische Gefasel der Operetten girrte unter ihren Fingern und das Aroma ihres Leibes perlte mit dem Wein durch die Kehlen und verbrannte die Adern. Eine sinnlose und verwegene Lustigkeit tobte in den Köpfen und überschwemmte die Herzen.

Von einer Gruppe ganz junger Männer im Frack und weißer Binde löste sich Mylada los. Ihr magerer Mund lachte in einer unendlich verheißenden Freude, als sie sich über Severin beugte.

Gib mir zu trinken, bat sie und er reichte ihr sein Glas.

Er sah ihr zu, wie sie die Zunge zwischen die scharfen Zähne schob und er mußte an sich halten, um sie nicht zu küssen. Er schlang den Arm um sie und zog sie auf seinen Schoß.

Deine Augen hab ich schon einmal gesehn, hast du nicht eine Schwester, Mylada? —

Ich hatte eine Schwester, die mit sehr ähnlich war, aber sie ist gestorben. —

Severin strich ihr die Haare aus dem Gesichte und sie klammerte sich mit den Beinen an ihn und ließ ihn gewähren. Ihr Körper war klein wie der eines Kindes und hinter dem dünnen Kleide reckten sich ihre Brüste.

Komm zu mir heute nacht — — flüsterte er und sie sagte darauf:

Sie hieß Regina und war eine Nonne.

KAPITEL VI

Severin zählte nicht mehr die Zeit, seitdem Mylada seine Geliebte geworden war. In einem einzigen, alles überflutenden, bunten und brennenden Blendwerk vergingen ihm die Tage. Alles was früher eine Bedeutung für ihn hatte, was ihn verstimmte und erregte, verschwand aus seinem Leben, als ob es niemals darin gewesen wäre. Mit der sorglosen Sicherheit des Schlafwandlers kam er den Beschäftigungen nach, die sein Dasein umfriedeten. Er tat seine Arbeit im Bureau, ohne den Druck zu empfinden, der sonst immer auf diesen Stunden lastete. Er fühlte nicht mehr den bösen und heimtückischen Haß in den Dingen, die ihn früher beleidigten und er hatte nur Raum in sich für die grenzenlosen Schwelgereien seiner Liebe. Niemals hatte er geglaubt, daß ein Weib es vermöchte, was er jetzt täglich an sich erfuhr. Die Abgründe einer Glückseligkeit öffneten sich vor ihm, in der er mit wilden und verirrten Sinnen und einer gelähmten Seele untersank.

Mylada verstand seinen Körper. Mit der klugen und hellsichtigen Verderbtheit ihrer erfahrenen Jugend begriff sie sein Wesen und machte sich den Launen untertan, die sie darin entdeckte. Sie fand die Schlupfwinkel seiner Begierden und ging ihnen bis zu den Wurzeln seiner Nerven nach. Sie lehrte ihn die bizarren und zügellosen Spiele der Liebe kennen und ihre Zärtlichkeit berauschte ihn. Ihre Küsse waren erfinderisch und das Glück, das sie ihm bereiteten, war eine sündhafte und verzweifelte Lustbarkeit. Oft, wenn sie an seinem Halse hing und eine wollüstige Wolke ihre Augen verdeckte, verlor er das Gedächtnis der Gegenwart. Das Zimmer, in dem sie weilten, kam ihm fremd und wunderlich vor und die Lampe vor seinem Bette gab ein absonderliches Licht. Er sah die Funken hinter den Lidern Myladas tanzen und eine goldene Welle löschte in seinem Gehirn die Gedanken aus.

Ihr schwacher und zerbrechlicher Leib hatte eine ungeahnte Kraft der Liebe in sich. Es war eine Leidenschaft in ihr, die sich schrankenlos verschenkte, die sich an Severin hing und ihn erschöpfte. Die Frauen waren für ihn immer eine Enttäuschung gewesen. In den Abenteuern mit ihnen hatte die große und zwingende Gewalt gefehlt, die hinreißen und gebieten konnte, die unwiderstehlich und tödlich war. Jetzt brach zum ersten Male der Blitz in sein Leben, der es zerstieß und erhellte. Zuweilen kam ungewollt eine Erinnerung an ihn heran und das Bildnis Zdenkas erschien ihm und bettelte. Wenn er des Nachts aus dem Schlafe fuhr und die Dunkelheit betrachtete, kam es zu ihm und wollte ihn retten. Der Glanz ihrer blonden Haare verfing sich dann noch einmal in seinem Herzen und von fernher läutete ihre Stimme wie eine Glocke. Aber der nächste Tag führte ihn wieder mit Mylada zusammen und an ihrem Munde vergaß er die Welt.

Wenn der Nachmittag kam und die Oktoberschatten an den Wänden zerstäubten, saß er zu Hause und wartete. Die Geräusche der Straße klangen undeutlich und verändert von unten herauf und die vorüberfahrenden Wagen erschütterten die Dielen. Manchmal blieb ein Sausen und Stampfen in seinem Kopfe, das ihn erschreckte und das er nicht loswerden konnte. Er hielt sich die Ohren mit den Händen zu und merkte, daß es von innen kam und daß der Lärm in ihm war. Eine angstvolle Bangigkeit wühlte in seinen Gedärmen. Bis dann die Klingel ging und Mylada in sein Zimmer trat und den Mantel öffnete.

Er liebte alles, was zu ihr gehörte. Jedes Kleid, das sie auf ihrem glühenden Körper trug, wurde ihm zum Fetisch. In den Maschen des Schleiers, den sie einmal in seiner Wohnung zurückgelassen hatte, suchte er ihren Atem zu erwecken und der Duft der Handschuhe, die er ihr stahl, tröstete ihn in den

Stunden, wo er sie nicht besaß. Wenn sie mit grausam tändelnden Fingern sich vor ihm entkleidete, dann warf ihn das Verhängnis vor ihre Füße, dem er nicht mehr entrinnen konnte und vor dem er in die Knie fiel. Schluchzend, von einer überirdischen Seligkeit gepeinigt, berührte er ihr Hemd mit den Lippen.

Er wußte, daß er Zdenka endgültig und für immer geopfert hatte, als er sie um Myladas willen verließ. Aber es war zu spät für die Umkehr und es war ein leerer und gespenstischer Gedanke für ihn, daß es eine Zeit gegeben, die nicht bis zum Rande von der Liebe voll war, die ihn verzehrte. Oft, wenn er sie in die Arme schloß und wenn sie sich wie ein ungebärdiges Kind auf seinem Schoße zusammenrollte, dann schauten ihn die Augen der Nonne unter ihren Wimpern an, die er im Sommer auf ihrem Kirchgang begleitet hatte. Er erzählte ihr seine Begegnung und daß er sie lächeln gesehn, als er an ihrer Seite das Gegrüßet seist du Regina! betete. Mylada lachte und begann von ihrer Schwester zu sprechen, die schon seit Jahren tot war und nannte ihn einen Geisterseher. Aber Severin ließ es sich nicht nehmen und blieb bei seiner Geschichte. Klar und wirklich stand das weiße Gesicht des jungen Weibes vor seiner Seele und in seinem Innern glomm das schwüle Feuer unheiliger Wünsche weiter, an dem er sich damals entzündet hatte.

Mylada ließ ihm seine Phantasien. Mit dem reizbaren Instinkt, mit dem sie die Männer beherrschte, erkannte sie bald, daß sich hier eine Quelle neuer und komplizierter Genüsse verbarg, die sie ausgraben mußte, um sie zu verkosten. Einmal kam sie später als sonst, als schon die Dämmerung des Herbstabends sein Zimmer verdüsterte. Fiebernd, von der Erwartung zerstört, öffnete er die Türe. Und vor ihm stand wortlos und ruhig, die frommen Hände über der Brust gekreuzt, die junge Nonne, wie er sie einmal unter den Ufer-Akazien gesehn hatte. Die Kutte floß weit und faltig über ihre Glieder und unter der schwarzen Haube glänzten die Sternenaugen.

Regina! stammelte er.

Da fiel sie ihn mit einem Jauchzen an und ihre Lippen saugten sich in seinen Mund. An ihren Küssen erst erkannte er Mylada. Er riß das rauhe Kleid entzwei, unter dem ihr Fleisch wie eine matte und schöne Seide schimmerte. Er nahm sie um den Gürtel und trug sie auf sein Bett.

Regina! Regina!

Und ein wunderbares und überlebensgroßes Glück rann ihm wie siedendes Metall ins Blut und brannte in sein armes, von der Liebe bewältigtes Herz eine süße, korallenrote Narbe.

Die Nächte, die auf diese Nachmittage folgten, verbrachte Severin von nun an in der „Spinne". Abgesondert von den übrigen, saß er auf seinem Platz und sah den Gästen zu, die sich um Mylada bemühten. Sie hatte für jeden ein Wort, ein Aufleuchten der Stimme, ein halblautes Versprechen, das jeder für sich allein zu besitzen glaubte und das die Wangen eines jeden mit einer verschwiegenen Röte färbte. Zwischendurch aber flog ihr Blick zu Severin hinüber und wenn sie an ihm vorüberging, streifte sie mit den Fingern über sein Haar. Sie sah ihn an, wenn sie die Lieder sang, die er liebte und in denen die Musik seiner Kindheit mitklang. Auch sie besaß die wiegende und schwärmerische Anmut der slavischen Frauen, die ihn bei Zdenka bestochen hatte. Aber in ihr war eine gefährliche Behendigkeit, eine listige Sentimentalität, die an der Oberfläche haftete und die ihr Wesen nicht enträtselte. Severin trank den tiefroten Wein, den Karla ihm eingoß und rührte sich nicht. Er nahm keinen Anteil an der Fröhlichkeit, die sich an ihn drängte und sie erweckte ihn nicht aus seinem Versunkensein. Mitten in der exaltierten Tollheit der andern war er mit Mylada allein und er dachte heimlich an die Stunde, wo sie ihm wieder gehören würde.

Es war schon hell, wenn er am frühen Morgen sein Glas austrank und auf die Straße trat. Ein Mann mit einer Stange über den Schultern ging vor ihm her und drehte die letzten Laternen aus. Eine Truppe geschwätziger Weiber kam ihm entgegen, die große Körbe auf dem Rücken schleppten. Es waren die Händlerinnen, die das Gemüse auf den Frühmarkt trugen. Ohne sich erst auszukleiden, legte er sich zu Hause zum Schlafe nieder.

Einmal, als sich wieder bei Tagesanbruch die Türe des Weinhauses hinter ihm verriegelte, stand Nathan Meyer neben ihm. Sein dünner Mund verzog sich höhnisch, als er Severin begrüßte und mit ihm noch ein Stück weit durch die Gasse ging. Er räusperte sich unruhig und schüttelte den Kopf beim Abschied.

Sie ist ein Luder! — sagte er mehrmals durch die Zähne und Severin wußte nicht, ob darin Freude oder eine Warnung lag.

Mit einer sonderbaren, fast väterlichen Miene sah ihm der Russe in die Augen.

Sie ist ein Luder, Severin: — — Glauben Sie mir, — sie ist ein Luder!

KAPITEL VII

Wie eine Stichflamme, die jählings in die Höhe fährt und die Brandnacht schrecklich erleuchtet, war die Liebe zu Mylada in das Leben Severins gekommen. Ein furchtbares und einsames Grauen umfing ihn nun, als sie sich von ihm abwandte und ihn nach einigen Wochen einer selbstvergessenen und eigenwilligen Laune wieder den frostigen Schatten überließ. Er vermochte es nicht zu glauben, daß er wieder allein war. Die Glut hatte seine Seele wie ein taubes Gehäuse ausgehöhlt und er verstand es nicht, daß nur die Asche davon übriggeblieben war und der Schmerz vereiterter und häßlich flackernder Wunden. Mit der Raserei des Verlorenen bäumte er sich gegen das Schicksal.

Jeden Tag wartete er in seinem Zimmer auf ihren Besuch. Der Zeiger der Stockuhr ging knackend an den Viertelstunden vorbei und es wurde spät. Mylada kam nicht mehr. Er schlug mit dem Gesichte auf die Erde und aus dem entstellten Munde floß der Speichel und das Blut und durchnäßte den Teppich.

Abends in der Weinstube packte er ihren Arm. Er grub seine Nägel bis auf den Knochen, daß sie schwankend nach Hilfe schrie und mit wütenden Bissen sein Handgelenk zerfleischte. Endlich riß sie sich los.

Ich will nicht mehr! Es ist zu Ende!

Von Ekel geschüttelt, floh er auf die Gasse. Ein Luftstoß entführte ihm den Hut, aber er beachtete es nicht. Barhäuptig, vom Jammer vernichtet, lief er durch die Nacht und das Entsetzen kam riesengroß hinter ihm her und er konnte ihm nicht entweichen. Die Uniform eines Schutzmannes blinkte neben ihm auf und eine befehlende Stimme rief ihn an. Severin antwortete mit einem Fluche und rannte weiter.

In den Feldern hinter der Vorstadt blieb er stehn. Der Atem quoll ihm röchelnd aus der Kehle, seine Adern klopften und drohten seinen Hals zu zersprengen. Er riß sich den Kragen auf und allmählich gelang es ihm wieder, sich zu besinnen. Die Wolken, die über den Himmel trieben, zerteilten sich für eine Weile und entblößten den Mond. Severin erkannte die Landschaft. Ein verfallenes Gehöft erhob sich in der Nähe, das schon seit langem niemand mehr bewohnte. Im Sommer nächtigten die Stromer zwischen den zerspaltenen Mauern und bei Tage suchten noch manchmal die Lumpensammler in dem alten Kehricht nach Schätzen.

Ein paar Schritte weiter mündete der Fußweg auf der Landstraße ein. Der Neubau der großen Fabriken ragte an ihrem Rande und dahinter begannen die Friedhöfe. Seit dem Tode des Doktor Konrad war Severin nicht in dieser Gegend gewesen. Seine Gedanken gingen über die Tage hin, die seit dem Begräbnis verflossen waren und fanden sich zerstückelt und erschreckt in der Wirklichkeit zurecht. Der Mond verschwand und über den Feldern ballte sich die Finsternis. Severin lief weiter. Immer mehr entfernte er sich von der Stadt und kehrte ihren trüben Lichtern den Rücken zu. Der Nachtwind kämmte seine Haare und griff ihm durch das offene Hemd an seine nackte Brust. Sein Blut wurde ruhiger und stürmte nicht mehr. Hinter dem Gittertore des Kirchhofs stand der Baum neben dem Grabe Konrads, der ihn einmal bis in den Schlaf verfolgt hatte. Severin lachte, als er vorüberkam. Er nahm eine Scholle von der Erde auf und warf sie über die Mauer.

Eine furchtsame Müdigkeit fesselte seine Füße. Er dachte an das Gehöft an der Straße. Wenn er sich dort bis zum Morgen verkroch, mußte er nicht mehr in die Stadt zurück und er wollte schlafen. Es fiel ihm ein, daß sich erst kürzlich die Zeitungen mit dem Bauernhofe beschäftigt hatten. Ein Selbstmord war dort geschehn und man fand die Leiche eines Offiziers zwischen dem alten Schutte. Severin hatte ihn gekannt; es war ein Stammgast aus der „Spinne". Er erinnerte sich an den Abend, als Karla die Nachricht von seinem Tode in die Weinstube brachte. Damals kümmerte er sich nicht darum, weil ihn die Liebe zerwühlte und ihm Augen und Ohren verschloß. Jetzt sah er deutlich den Zusammenhang. Ein trostloser, mit

Geschwüren beladener Haß brach in ihm auf; er hob die Hand und drohte mit der Faust in die Dunkelheit.

Die Zeit, die dieser Nacht nachfolgte, brachte Severin den Niederbruch. Die zähe Lebenskraft, die er besaß und die allen Ausschweifungen und Krisen standgehalten hatte, zerbrach und zerbröckelte unter der Gewalt einer hoffnungslosen Traurigkeit. Er meldete sich krank und ging nicht mehr in sein Bureau. Es war ihm unmöglich, etwas zu tun und zu denken, das nicht zu der selbstquälerischen Lust in einer Beziehung stand, mit der er seinen Schmerz genoß und immer wieder von Anbeginn erneuerte. Ein unbarmherziger und verwahrloster Zorn überfiel ihn nach Stunden einer in sich gekehrten Teilnahmslosigkeit. Dann trat ihm der Schaum vor die Lippen und er erstickte seine gräßlichen Schreie in den Kissen des Bettes. Mit den geballten Händen zerschlug er das Glas des Spiegels, das ihm seine zerrissene Stirne und seine vom Wachen getöteten Augen zeigte. Er ging den Leuten aus dem Wege, die ihn auf der Straße ansahn und sich vorsichtig nach ihm umwandten, wenn sie sein graues Gesicht mit den verquollenen Tränensäcken erkannten.

So fand ihn Nathan Meyer eines Abends vor der „Spinne". Er starrte in den Lichtkreis der Türlampe und seine Zähne schlugen aneinander, als Nathan auf ihn zukam und seine Hand auf seine Schulter legte.

Gehn Sie nicht mehr da hinein! sagte er.

Seine Stimme war weich und es klang jener zärtliche und bestimmte Grundton darin, mit dem die Erwachsenen zu den Kindern reden.

Gehn Sie nie wieder da hinein, Severin!

Dann faßte er ihn unter den Arm und führte ihn die Treppen hinauf in seine Stube. Severin folgte ihm, ohne sich zu sträuben.

Was wollen Sie von mir, Nathan? — fragte er nur und sein geschwächter Körper lehnte sich an die große Gestalt des Mannes.

Nathan Meyer schraubte die Lampe auf und rückte seinem Gaste einen Stuhl zurecht. Er stellte eine Schachtel mit den langen und schmächtigen Zigaretten vor ihn hin, die er aus seiner Heimat bezog und die er selbst unaufhörlich eine an der andern entzündete.

Rauchen Sie!

Und dann begann er mit langen Schritten im Zimmer auf und ab zu gehn. Severin saß und hörte ihm zu. Es war dasselbe, was er schon damals im Kaffeehause erfahren hatte. In kurzen, von der Erregung zerhackten Sätzen predigte der Russe den Krieg gegen die Welt. Aber es war noch etwas anderes, was sich in seinen Worten verriet, eine freundschaftliche Anteilnahme, eine ungeschminkte Besorgnis, die ihn aus seinem Munde sonderbar berührte und die er sich nicht zu erklären wußte.

Was wollen Sie von mir? — fragte er noch einmal.

Nathan Meyer blieb vor ihm stehn.

Ich habe Sie gern, Severin!

Er neigte sich lächelnd vor.

Sie gehören zu uns! Sie gehören zur Gilde!

Zur Gilde? — Was ist das?

Aber er erhielt keine Antwort auf seine Frage. Nathan klapperte mit dem Schlüsselbunde und schloß den Schreibtisch auf.

Sie können unterdessen die Dinger da besichtigen, während ich unten eine Flasche Wein besorge. — Aber geben Sie acht mit Ihrer Zigarette!

Severin erhob sich und zog neugierig die schwere Lade auf. Nathan Meyer hatte ihn allein gelassen und ein merkwürdiges Gefühl überkam ihn in dem Zimmer, wo die Bücherregale die Wände bis zur Decke verkleideten und der Lampenschein auf den alten Möbeln flimmerte. In der Truhe ruhten wohlverwahrt eiserne Sprengbomben in allen Formen, kugelförmige Handgranaten, eirunde und viereckige Büchsen mit weißen Zündschnuren nebeneinander.

Severin stand mit gebeugtem Rücken vor der geöffneten Lade. Ein hellroter, wollüstig schleppender Gedanke ging durch sein Gehirn und seine Hände stießen schlotternd gegen die Manschette. Wählerisch prüfte er ein jedes Stück mit den Augen. Ein mittelgroßes, wunderlich gestaltetes Ding lag wie ein schwarzes Herz zwischen den andern. Severin nahm es und schob es in die Tasche.

Nun? — meinte Meyer, als er mit zwei Gläsern und einer gefüllten Karaffe wieder ins Zimmer trat.

Ein Spielzeug für Kinder! murmelte er verächtlich, als Severin stillschwieg und sperrte den Schreibtisch ab.

Kommen Sie, wir wollen ein Glas auf die Gilde trinken!

KAPITEL VIII

Nach Wochen einer grausam verlorenen Einsamkeit konnte Severin sein Verlangen, Mylada wieder zu sehn, nicht mehr bezähmen. Die blutleeren Gespinste, die seine Phantasie ihm vorgaukelte und die er im Schatten der Nächte verfolgte, führten ihn immer wieder zu der Stelle hin, wo das Licht der Weinstube wie ein großes und blendendes Rad auf die Gasse fiel. Nathans Mahnung fand keinen Widerhall mehr in seiner Seele. Geduckt vor Scham und von Sehnsucht verwüstet, fand er sich eines Abends wieder in der „Spinne" ein.

Er brachte es nicht mehr über sich, den letzten und bittersten Stachel seines Leidens länger zu entbehren. Mylada sah über ihn hinweg, wie über einen fremden und unbekannten Gast. Aber an ihrer Stimme, die sich lüstern bog, an ihren Augen mit der goldenen Arglist in den Pupillen, entfachte er das Gedächtnis an ihre Leidenschaft und ihre böse und verderbliche Liebe. Er rief jene Stunde in seine Erinnerung zurück, wo sie als Nonne verkleidet zu ihm gekommen war. Er schauerte und seufzte unter ihren Küssen und hielt entzückt den Spuk in seinen Armen, der ihn einmal im Sommer unter den Akazien verwirrt hatte.

Nun saß er mit aufgestützten Armen unter den anderen. Zwischen den vorgehaltenen Fingern hindurch sah er Mylada mit den Männern scherzen und fand die Linien ihres Leibes unter dem Gewand. Der Buchhändler Lazarus schaukelte sie auf den Knien. Sein Kahlkopf drängte sich an ihre Brüste, und Severin sah die Furchen seiner Schädelknochen unter der gespannten Haut. Der Abend kam ihm in den Sinn, wo er mit dem Feldstein bewaffnet durch die Stadt gelaufen war, um einen Menschen zu töten. Mylada spielte mit dem Barte, der ungepflegt und schütter von den schlaffen Kiefern des Alten hing, und in ihren hellen Augen ging die Wolke auf, die er darin kannte. Ein widerwärtiges Gefühl rutschte ihm wie eine schleimige Faust durch die Kehle. Er trank sein Glas leer und ging auf die Gasse.

Draußen breitete sich der tiefe und unausschöpfliche Nachthimmel des Winters über die Stadt. Es war nirgends ein Stern zu sehn und der abziehende Herbst schleifte eine klebrige, naßkalte Schleppe von Dünsten hinter sich her und fegte damit das Pflaster. Bei der Maschine eines fahrenden Teekochers blakte ein winziges Lämpchen; zwei Dirnen mit Federhüten und hellgelben Sommermänteln nahmen dort eine hastige Mahlzeit ein und unterhielten sich lachend. Severin trat hinzu und kaufte ein paar Zigaretten. Eines der Mädchen sprach ihn an und bettelte um ein Zwanzighellerstück. Er griff in die Tasche und reichte ihr eine Handvoll Silbermünzen.

Eine gleichgültige und verschlossene Herbheit hatte sich seiner bemächtigt. Er wußte nicht, wohin er gehn und was er beginnen solle. Aus dem teppichbelegten Hausflur einer Bar schlug ihm ein warmer Fuselgeruch ins Gesicht, und der Portier legte grüßend die Hand an die Mütze. Severin gedachte der Jahre, wo er sein Leben in solchen Lokalen verschlagen hatte. Ein bohrender Wunsch nach dieser Zeit übermannte ihn. Damals besaß er eine Zufluchtstätte. In der Dürftigkeit und in der Enge seines Daseins war er nicht allein; einfältige Begierden leisteten ihm Gesellschaft, weinerliche Ahnungen von der Größe und der Irrsal der Welt. Jetzt wußte er es besser. Zerstört und beschmutzt, verbraucht und entkräftet ging er im Unrat zugrunde, weil ihm ein Animiermädchen den Laufpaß gegeben hatte.

Jetzt konnte er auch das Wort verstehn, das Nathan Meyer im Munde führte. Es gab welche, für die der Glanz des Lebens nur ein Trugfeuer war. Höhnische mit unseligen Händen, Parias, die eine hündische Angst durch die Straßen hetzte, Mörder und Gezeichnete. Das war die Gilde, zu der auch Severin gehörte.

Er hatte es immer gefühlt, schon damals, wie er als Knabe in dem wilden Buche las und nach Abenteuern hungerte. In den blassen Flammen seiner wurmstichigen Jugend war immer ein rötlicher Rauch gewesen, der aus den schlimmen Verstecken seines Herzens kam. Das Glück der andern war ihm ein kindisches Bilderrätsel. Planlos hatte er mit dem Schicksal gespielt und war an seinen armseligen Mausefallen vorbeigestolpert, ohne sich zu verletzen.

Er sah auf und merkte, daß er im Kreise beständig denselben Weg gegangen war. Das Lämpchen des Teekochers glomm vor ihm in der kleinen Laterne, und die weiße Schürze des Mannes leuchtete in der Finsternis. Severin unterdrückte ein Schluchzen. Der da hatte ein Heim und das Kerzenstümpchen in dem zerbrochenen Glase brannte in einem friedfertigen Licht.

Und er? Und Severin?

Tief, in der innersten Seele spürte er einen Schmerz. Ein süßes, unter Scherben und Kehricht vergrabenes Frauenbild hob das vergrämte Antlitz zu ihm. Aber er warf den Kopf in den Nacken und wollte es nicht sehn.

Oder doch? War es möglich? —

Eine linde und beschämende Schwäche löste seine Glieder. Vor den Torstufen eines Hauseingangs sank er in die Knie und kühlte seine Stirne an den Steinen. Er faltete die Hände und schloß die Augen, und gerade über ihm in dem schmalen Ausschnitt, den die Gasse für den Himmel frei ließ, kam ein schüchterner Stern zum Vorschein und strahlte.

Eine dünne, lichtgraue Helle kündigte den Morgen an, als Severin sich aufraffte und die Richtung gegen den Altstädter Ring einschlug. Die bunten Straßenplakate zeigten schon ihre flüchtigen Umrisse an den Wänden, und der Mann mit der Teemaschine rüstete sich zur Heimfahrt. Vor der Ringapotheke lehnte ein Frauenzimmer mit übernächtigen Augen und zog an der Glocke.

Der Hausbesorger hielt ihm verschlafen die verschwitzte Hand entgegen und nickte zufrieden, als er den späten Besucher erkannte. Severin gab ihm ein Geldstück und stieg die Treppen zu Zdenkas Wohnung hinauf. Eine endlose Pause setzte sein Herz zu schlagen aus, bevor er an die Türe pochte.

Ein Geräusch ward drinnen vernehmbar.

Ist jemand hier? — fragte eine Stimme.

Ich bin es — Severin!

Die Türe öffnete sich und eine heiße Hand führte ihn in das Zimmer. Die Petroleumlampe mit dem grünen Schirme qualmte auf dem Tische. Zdenka war im Hemd. Das Haar fiel ihr in blonden Ringen auf den Hals und sie zitterte vor Kälte.

Warum kommst du zu mir? — fragte sie ruhig.

Severin nahm den Hut ab und hielt ihn in den Händen. Er schaute sich um und umfaßte die Stube mit einem langen, abschiednehmenden Blicke. Das Frühlicht rann durch die Fenstervorhänge herein und machte den Schein der Lampe klein und ärmlich. Neben dem Bette stand der Schrank, in dem Zdenka die Kleider und die Wäsche aufbewahrte. Die violette Porzellanvase auf der Truhe hatte einen Sprung und von dem Henkel war die Farbe losgegangen. Ein vertrockneter Blumenstrauß stak darin, den sie einmal im Sommer miteinander im Walde gepflückt hatten.

Zdenka sah ihn an und wartete. Das Hemd glitt über ihre nackte Brust und sie zog frierend die Schultern zusammen. Mit einer eingelernten und mechanischen Bewegung streckte er die Arme aus. Aber er ließ sie wieder sinken.

Warum bist du gekommen? — —

Da kehrte er sich um und ging zur Türe hinaus.

KAPITEL IX

Der Wind, der in den Vormittagsstunden mit den Firmatafeln der Kaufleute geklappert hatte, war zur Ruhe gekommen. Ein stiller Abend machte den Himmel klar und eine blasse und schöne Sonne fing an zu scheinen. Severin richtete sich in dem zerwühlten Bette auf und sah nach der Uhr. Der lange Schlaf nach der durchwachten Nacht hatte ihn nicht gekräftigt. Er wusch sich die heiße Betäubung aus den Augen und kleidete sich sorgfältig an.

Auf der Gasse kamen ihm die Gruppen halbwüchsiger Gymnasiasten entgegen, die eben aus der Schule heimkehrten und aufgeregte Gespräche miteinander führten. Severin schaute sich mit einem unbestimmten Gefühle des Neides nach ihnen um. Der Wetterumschlag lockte die Menschen aus den Häusern heraus und eine Schar von Spaziergängern schlenderte den Gehsteig entlang und sammelte sich vor den Auslagefenstern der Geschäfte. Mit kleidsamen Samthauben auf der koketten Frisur drängten sich die Mädchen durch die Menge. Ein Liebespaar blieb an der Straßenkreuzung stehn und bewunderte den Sonnenuntergang. Mohnblumenfarbene Streifen tauchten am Rande der Dächer auf und setzten die Kamine in Brand. Eine dicke Wolke kam plötzlich in Glut und schwamm über dem Karlsplatze wie ein großer, aus Goldblech gerollter Klumpen.

Severin ging gemächlich, mit einer kalten und entschlossenen Neugier seinen Weg. Jene halbdunkle Empfindung überrumpelte ihn, die ihn immer nach einer Erschöpfung heimsuchte und der er sich widerstandslos überließ. Sein Bewußtsein spaltete sich und lebte getrennt von ihm ein selbständiges Leben. Die Vergangenheit und die Gegenwart zogen wie die Bilder eines Panoramas an ihm vorbei und er sah verwundert und willenlos in seine eigene Existenz. Die Gesichter der Leute, die sich neben ihm bewegten, die Profile der Häuser, die er kannte, gewannen eine neue und besondere Anschaulichkeit, die seine Aufmerksamkeit reizte.

An den Ecken der Quergassen hatten die Kastanienbrater ihre Öfen aufgestellt. Ein freundlicher Lichtglanz lagerte über der Stadt. Ein verrunzeltes Weiblein humpelte umständlich mit dem Krückstocke über das Pflaster. Vor den Haustoren standen langhaarige Studenten mit den Dienstmädchen im Gespräch, und die blaue Dämmerung holte behagliche

Schatten aus den Winkeln. Vor der Kreuzherrnkirche funkelte eine verfrühte Laterne auf und füllte die Luft mit gläsernen Farben.

Severin trat auf die Brücke. Ein kalter Windhauch blies vom Wasser herauf und verscheuchte die Stimmung, an die er sich hingab. Messerscharf kam die Erinnerung wieder und zerschnitt das betrügerische Spiel seiner Sinne. Der Abend gaukelte über dem Flusse. Ein Automobil mit großen, milchweißen Lampen tutete melancholisch, und die Glocke der kleinen Kapelle am Fuße der Burgstiegen läutete zum Segen. Severin schritt an den schwarzen Steinfiguren der Brüstung vorüber. Er biß mit den Zähnen auf seine Zunge und das Blut floß ihm in den Mund und schmeckte wie Galle. Das war nicht die Stadt, die er kannte. Das war ein Guckkasten, wo brave Bürger und Bürgerinnen ihre Besorgungen machten, und wo der heilige Nepomuk mit gleißnerischen Händen die Moldau bewachte.

Das Zwielicht dunkelte immer stärker, als Severin durch die Turmeinfahrt der Kleinseite zum Radetzkydenkmale einbog. Bei dem Tore der Hauptwache ging ein Soldat mit geschultertem Gewehr auf und ab und auf dem alten Platze mit den Laubengängen lag der Farbton vergilbter Kupferstiche. Severin kletterte durch die Spornergasse zum Hradschin hinauf. Die Stadt, die er kannte, war anders. — Ihre Straßen führten in die Irre und das Unheil lauerte auf den Schwellen. Da klopfte das Herz zwischen feuchten, verräterischen Mauern, da schlich sich die Nacht an erblindeten Fenstern vorbei und erwürgte die Seele im Schlaf. Überall hatte der Satan seine Fallen aufgestellt. In den Kirchen und in den Häusern der Buhlerinnen. In ihren mörderischen Küssen wohnte sein Atem und er ging in Nonnenkleidern auf Raub aus —

Vor dem Eingange zum Schloßhof wandte Severin den Kopf. Es war finster geworden und mit tränenden Lichtern breitete sich Prag zu seinen Füßen.

Ein Hund heulte irgendwo und sein angstvolles Gebell hörte sich an, als ob es aus der Tiefe käme, aus einem verschollenen Erdschacht unter den schiefen Gassen des Hradschin —

In der „Spinne" war heute schon seit dem frühen Abend eine zahlreiche Gesellschaft beisammen. Lazarus zahlte Champagner. Mit unzüchtigen Scherzen wurde der Geburtstag Myladas gefeiert.

Es waren viele Bekannte aus dem Kreise darunter, der sich ehemals bei Doktor Konrad zusammenfand. Lazarus hatte alle eingeladen, selbst Nikolaus saß ernst und gelangweilt unter den andern und auch der blatternarbige Maler war da, der jetzt mit der blonden Ruschena lebte. Mylada führte mit hinreißender Laune den Vorsitz der Tafelrunde. Ihre geschmeidige Schamlosigkeit entzückte die Männer und begeisterte die jungen Leute. Einer nach dem andern trank ihr zu und sie netzte ihre rote Zunge in dem Glase eines jeden. Die Begehrlichkeit hüpfte wie ein Flämmchen über die Angesichter und nestelte an ihrem grünen Kleide. Jemand schlug eine Tombola vor, deren Erlös bei nächster Gelegenheit vertrunken werden sollte, und unter Jubel und Lachen erklärte sich Mylada bereit, dem Gewinner anzugehören. Der Preis der Lose war groß, aber trotzdem waren alle bis auf eines verkauft, als Severin eintrat und mit lautem Zuruf empfangen wurde.

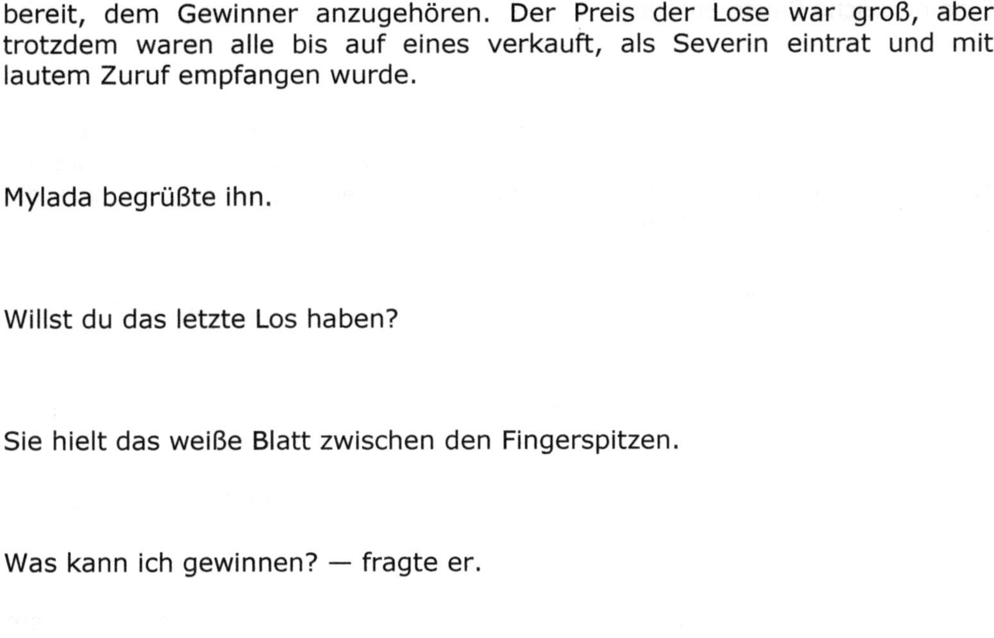

Mylada begrüßte ihn.

Willst du das letzte Los haben?

Sie hielt das weiße Blatt zwischen den Fingerspitzen.

Was kann ich gewinnen? — fragte er.

Mich!

Da legte er schweigend sein letztes Geld in ihre Hände und nahm den Zettel.

Die Ziehung begann. Die Nummern wurden in einen Sektkühler geworfen und man drängte sich schreiend um den Tisch. Eine wütende Erregung hielt alle in ihren Klauen. Der Weinrausch rötete die Stirnen und eine fratzenhafte Spannung straffte die Züge der Bezechten und machte Tiergesichter und Grimassen daraus.

Mylada griff mit verbundenen Augen in den Kübel. Es wurde still im Zimmer, als sie das Papier auseinanderfaltete.

Du hast Glück gehabt, Severin! — meinte sie lächelnd.

Eine neidische Pause entstand.

Severin trat näher. Das Blut brauste in seinen Ohren und er war bleich. Er hob den Gegenstand in die Höhe, den er unlängst aus dem Schreibtische Nathan Meyers entwendet hatte. Wie ein weißer Wurm ringelte sich die Zündschnur um seinen Arm.

Eine Bombe! rief jemand entsetzt und ein Aufschrei erschütterte alle.

Ich bin gekommen, um euch zu töten —

Seine Stimme zerriß. Mit roten Augen starrte er in die Lampe.

Nikolaus nahm ihm die Büchse aus der Hand und streichelte ihm wie einem Kinde die Wangen.

Warum? fragte er zärtlich.

Weil ich euch hasse! —

Und weshalb tatest du es nicht? — flüsterte Mylada und schaute mit geöffnetem Munde zu ihm auf. Sie reckte ihren Leib und ihre Brüste berührten ihn.

Jetzt habe ich ja das Los gewonnen! —

Eine tödliche Scham warf ihn zu Boden. Er kniete nieder und legte seinen Kopf in ihren Schoß. Das Schluchzen bezwang ihn und er weinte. Aber das Gelächter der Betrunkenen ging über ihn hinweg und verwandelte seine Tränen in einen unsauberen und glühenden Schlamm.